AF580108

LE CHAT QUI NE DORMAIT JAMAIS

Romans

La Tapisserie des Mondes

Préludes

Plus brillantes sont les étoiles (avril 2021)

Yggdrasil – premier cycle

La prophétie (janvier 2016) – Réédition (octobre 2022)
La rébellion (juillet 2016) – Réédition (octobre 2022)
L'Espoir (avril 2017) – Réédition (octobre 2022)

Aldarrök – deuxième cycle

Le chant du chaos (octobre 2022)
Les serpents d'ombre (novembre 2023)
L'aube du néant (octobre 2024)

Nouvelles

Destins Tissés – Recueil de nouvelles (mars 2025)

Abri 19 (février 2018)

Les Larmes des Aëlwynns

Le prince déchu (2018)
Le dernier mage (2019)
La déesse sombre (2020)

Le chat qui ne dormait jamais (2025)

Recueils de nouvelles

(avec l'association des auteurs indépendants du Grand-Ouest)
Légendes : Entre terres & mers (octobre 2017)
Jour de pluie : (octobre 2018)
Le jour où la pluie s'arrêta : (2021)

LE CHAT QUI NE DORMAIT JAMAIS

Myriam Caillonneau

Le chat qui ne dormait jamais

ISBN : 979-10-95740-30-8

https://www.myriamcaillonneauauteure.com/

Illustrations par Oka.mi

Cette histoire a été inspirée par Tanis, ma petite exotic shorthair grise. Elle est si exigeante et si dynamique qu'elle ne se repose pas souvent. Elle veut toujours jouer, manger, être caressée. Elle aime qu'on s'occupe d'elle quand elle le décide.

Si bien que j'ai pris l'habitude de dire : ce chat ne dort jamais. Bien évidemment, Tanis dort, mais cette phrase s'est mise à tourner dans mon esprit.

Après tout ce temps dans La Tapisserie des Mondes, j'avais besoin d'écrire quelque chose de léger. C'est ainsi que cette histoire est née.

Bonne lecture.

Ce livre explore certains sujets sensibles, mais ils sont présentés de façon nuancée et sans descriptions explicites. Une liste des avertissements de contenu est disponible à la fin de l'ouvrage pour ceux qui souhaitent en savoir plus avant de poursuivre leur lecture.

Les cahiers de Chloé étaient éparpillés sur la table du salon comme tous les soirs. La petite fille soulignait une phrase dans son manuel lorsque le bruit de la porte d'entrée lui fit lever les yeux. Sa mère apparut, une caisse de transport à la main. Du bout du pied, elle referma derrière elle tout en repoussant une mèche rebelle collée sur son front.

Chloé redressa la tête, intriguée, puis son visage s'éclaira. Elle bondit de sa chaise et se précipita vers sa mère. Élodie posa la boîte sur le carrelage avec précaution.

— Voilà…, murmura-t-elle. Je te présente Minuit.

Chloé s'agenouilla, les yeux déjà brillants. Derrière la grille, deux pupilles ambrées la fixaient, sereines et curieuses, comme si elles jaugeaient la scène.

— C'est le chat de tante Céline ! s'écria Chloé avec enthousiasme. Il est trop beau !

— Oui, Céline ne peut… ne peut plus s'en occuper, répondit Élodie en évitant le regard de sa fille.

Elle n'avait pu empêcher sa voix de trembler.

— À cause de sa maladie…, ajouta-t-elle à mi-voix, presque pour elle-même.

Elle avala ses lèvres pour contrôler ses larmes. Sa sœur venait de découvrir qu'elle avait un cancer et qu'elle devait se soigner. Élodie se tourna vers Vincent, assis dans le canapé, absorbé par son téléphone.

— Elle m'a demandé si on pouvait le garder, précisa-t-elle à l'attention de son mari.

Sans lever les yeux, il haussa les épaules.

— Un chat ! grogna-t-il. On en avait parlé ! Tu sais ce que ça implique. Des poils partout, des frais, des…

Ils avaient eu une brève discussion sur le sujet. Vincent avait tout simplement rejeté l'idée en arguant qu'un chat, cela faisait des saletés, que cela coûtait cher et d'autres bêtises du genre. Élodie partageait en partie l'avis de son mari, mais n'avait pas trouvé la force de refuser ce service à sa sœur.

— Je sais, soupira-t-elle. Mais Céline a insisté. Elle n'a que moi.

Il leva brièvement la tête, croisant le regard implorant de sa femme. Elle fronça les sourcils en désignant Chloé en admiration devant l'animal.

— Ouais, ouais…, marmonna-t-il sans conviction, avant de se replonger dans la lecture de son écran d'un air renfrogné.

Chloé semblait n'avoir rien entendu de l'échange. Toujours à genoux, elle dévisageait le chat allongé dans sa boîte. Elle se redressa un peu, pour chercher son frère des yeux.

— Lucas ! Tu as vu ! s'écria la petite fille.

L'adolescent, assis en boule sur le canapé, enleva un écouteur d'une de ses oreilles.

— Quoi ?

— On a un chat !

— Ah ! D'accord, cool ! marmonna-t-il, indifférent.

Il remit son écouteur et retourna à son portable. Il devait visionner une énième vidéo en ligne ou discuter avec ses amis. Élodie soupira, résignée.

— De toute façon, c'est provisoire, expliqua-t-elle. Le temps de voir comment ça se passe.

Chloé, elle, ne cachait pas son excitation. Ses mains effleurèrent délicatement la caisse avant de regarder sa mère avec des étoiles dans les yeux.

— Est-ce qu'on peut le libérer ?

— D'accord, mais doucement. Il est sûrement un peu déboussolé.

Élodie déverrouilla la cage avec précaution, puis ouvrit la porte. Une silhouette grise et compacte émergea lentement, avançant une patte prudente sur le carrelage froid. Minuit s'arrêta pour scruter la pièce de ses grands yeux couleur d'ambre, avant de poser la deuxième patte près de la première avec une élégance innée. Il prit le temps de balayer les lieux du regard, s'attardant un instant sur Chloé. Il sortit enfin, avec une grâce majestueuse.

Son pelage dense, d'un gris uniforme, mettait en valeur son petit nez écrasé, typique de sa race. Ses yeux, brillants comme de l'or ancien, captèrent la lumière du salon.

— C'est quoi, ce chat ? lança Lucas en descendant mollement du canapé avec un air faussement indifférent sur le visage.

— C'est un exotic shorthair, répondit Élodie avec patience.

Lucas plissa les yeux, observant l'animal.

— On dirait qu'il s'est pris une porte, ricana-t-il.

— Lucas ! protesta Chloé, outrée. C'est pas gentil ! Il est trop mignon ! Et ses yeux… Ils brillent comme de l'or !

— Si tu le dis, crevette ! répliqua-t-il en haussant les épaules avant de s'éclipser dans l'escalier.

Minuit, assis sur son arrière-train, suivit Lucas du regard avec une sérénité presque déconcertante, puis se détourna pour étudier son nouvel environnement. Il avança de quelques pas, inspectant Vincent de ses yeux perçants, avant de se tourner vers Élodie. Cette dernière eut l'étrange impression que ce petit être silencieux évaluait les lieux et chaque personne de la famille.

Chloé, fascinée, tendit timidement une main vers lui.

— Minuit…, murmura-t-elle, sans oser troubler sa sérénité. Tu es tellement beau.

Vincent poussa un soupir à peine audible.

— Ce n'est qu'un chat, Chloé, grogna-t-il toujours sur son téléphone.

— Tu ne peux pas dire ça, papa, répondit-elle avec un éclat de défi dans les yeux. Il est magnifique !

Minuit, indifférent aux débats des humains, reprit sa progression. Il se glissa entre les meubles, effleurant les pieds de la table de ses flancs, son allure mesurée et impassible contrastant avec la tension discrète qui régnait dans la pièce. Lorsqu'il s'approcha du fauteuil de Vincent, ce dernier fronça les sourcils.

— Tout ira bien, souffla Élodie en posant une main légère sur l'épaule de son mari. Et puis, un peu de compagnie ne nous fera pas de mal.

— Tant que je ne retrouve pas des poils partout…, grommela-t-il, visiblement peu convaincu.

Minuit continuait son exploration. Il leva la tête vers le rebord de la fenêtre. D'un bond fluide, il s'y percha, puis il observa l'extérieur avec la majesté d'un roi contemplant son royaume. Il s'assit un moment, ses pattes repliées sous lui dans une parfaite position de sphinx, avant de s'allonger avec un calme solennel. Chloé se rapprocha lentement, captivée. Elle tendit une main timide vers le flan de l'animal.

— S'il te griffe, ne viens pas pleurer, déclara Vincent d'un ton sévère.

— N'importe quoi ! souffla la fillette, mais elle suspendit néanmoins son geste, le cœur battant à l'idée de ce premier contact.

Minuit tourna la tête vers elle et la jaugea du regard avec une intensité presque déroutante.

Pendant ce temps, Élodie sortit un petit bac de sous l'évier. Elle y versa une litière propre qui crépita sur le plastique. Avec soin, elle déposa le bac à litière dans un coin discret de la cuisine. À l'autre bout de la pièce, près de la fenêtre où Minuit était encore installé, elle plaça une gamelle en inox remplie de croquettes et un bol d'eau fraîche.

Le chat observait chacun de ses gestes de ses yeux dorés. Dès qu'elle se fut éloignée, il bondit avec agilité sur le carrelage. Après un instant à fixer le bol d'eau, il baissa lentement la tête et commença à boire, sa petite langue rose plongeant frénétiquement dans le liquide frais. Ses mouvements, précis et mesurés, avaient quelque chose d'hypnotique.

Une fois désaltéré, il s'approcha de la gamelle de croquettes. Il en renifla le contenu, fronçant presque imperceptiblement le nez, puis s'en détourna sans y toucher.

Chloé, visiblement inquiète, s'agenouilla près de lui. Ses doigts effleurèrent le dos du chat. Il ne bougea pas, se contentant de la dévisager. Elle caressa son pelage doux et soyeux avec des gestes hésitants, presque craintifs.

— Ça va aller, Minuit… Tu vas t'habituer, c'est ta nouvelle maison maintenant, murmura-t-elle.

Le chat répondit par un ronronnement profond, vibrant comme une note apaisante dans le silence de la cuisine. Ses yeux se fermèrent un instant, puis il poussa la main de Chloé avec sa tête en signe de remerciement.

Encouragé par ce contact, il tourna plusieurs fois sur lui-même avant de s'approcher à nouveau de la gamelle. Il la renifla quelques secondes, puis avala enfin quelques croquettes.

— Maman, il mange ! s'écria Chloé rayonnante, comme si elle venait de remporter une grande victoire.

— Il lui fallait juste un peu de temps, répondit Élodie avec un sourire soulagé.

Minuit, après quelques bouchées, s'étira de tout son long, ses pattes s'étendant loin devant lui. Il gratta légèrement le carrelage de ses griffes écartées. Puis, dans un mouvement fluide, il se redressa et trottina vers le couloir, la queue bien droite.

— Où va-t-il ? demanda Chloé en le suivant du regard.

— Explorer, répondit Élodie en riant doucement. Il a un nouveau royaume à découvrir.

Le petit félin disparut dans l'ombre, avec une assurance tranquille, comme s'il avait déjà adopté les lieux.

La maison baignait dans un silence apaisant, uniquement troublé par les infimes craquements du bois et le bruit sourd des appareils ménagers. Dans la pénombre, les grands yeux couleur d'ambre de Minuit brillaient, scrutant cet environnement inconnu. Tout ici était différent de l'appartement de Céline : l'odeur ténue de nourriture, les vibrations légères du sol, les murmures feutrés des humains.

Il s'étira lentement, les pattes avant s'allongeant avec grâce, puis se redressa. Sa curiosité insatiable ne demandait qu'à être assouvie. Et le moment était parfait, car la nuit lui appartenait. D'un pas léger, il se dirigea vers la cuisine, ses coussinets ne faisant aucun bruit sur le carrelage. Minuit scruta chaque recoin, laissant son museau effleurer les meubles pour mieux en capter les effluves. Il sauta sur le plan de travail. Une petite flaque d'eau s'était formée au fond de l'évier. Il lapa délicatement le liquide, ses oreilles pivotant à l'affût du moindre son.

Après un bref détour vers ses bols pour grignoter quelques croquettes, il trottina vers le salon. La pièce était plongée dans une semi-obscurité, seulement éclairée par les diodes rouges du décodeur. Minuit avança avec prudence, prêt à s'enfuir en cas de danger. Il sauta sur le canapé pour en tester le moelleux. Satisfait, il bondit sur la table basse et provoqua la chute d'un crayon abandonné. L'objet roula sur le sol avec un bruit léger qui attira son attention. Il se précipita à sa poursuite. Il le poussa de ses pattes, chassant le petit cylindre qui fusait sur le carrelage. Minuit finit par se lasser de ce jeu et trottina à nouveau vers le couloir.

Un halo lumineux filtrait d'une porte entrouverte. Minuit s'en approcha à pas feutrés, ses mouvements fluides se confondant avec l'ombre. Il s'arrêta dans l'embrasure et observa Vincent. Les sourcils froncés, les épaules rigides, le visage éclairé par l'écran de son ordinateur, l'humain tapait nerveusement sur le clavier. Toute son attitude trahissait une concentration tendue.

Après un instant, Minuit s'avança dans la pièce, la queue haute. Il se frotta contre les mollets de l'homme pour indiquer sa présence. Vincent sursauta, le regard brusquement arraché à son écran.

— Hey, ne viens pas mettre tes poils partout, toi ! grogna-t-il en repoussant le chat du pied.

Minuit recula avec cette expression de majesté outragée propre aux félins. Vincent, visiblement agacé, pointa la porte d'un doigt ferme.

— Allez ! Sors de là ! Ici, c'est zone interdite, t'as compris ? Allez !

Il fit mine de se lever, mais d'un bond gracieux, le chat fila hors de la pièce. Il aurait le temps d'apprivoiser cet humain, même si la tâche s'annonçait délicate. Minuit trottina vers l'escalier qu'il gravit en silence, ses coussinets amortissant chaque pas. La première porte à l'étage était entrouverte. Il se redressa sur ses pattes arrière, poussant légèrement la porte. Elle bougea juste un peu avec un petit grincement, révélant Lucas absorbé par un jeu sur sa console. Le garçon, le casque vissé sur les oreilles, jurait à voix basse, ses doigts martelant frénétiquement les touches de la manette. Minuit s'assit, observant la scène, son regard perçant scrutant le moindre de ses mouvements. Soudain, Lucas balança le casque à l'autre bout de la pièce avec rage.

— Fait chier ! gronda-t-il.

Il fixa l'écran, tandis que son expression s'assombrissait. Il jura encore, avant d'éteindre la console d'un geste brusque. Il se laissa tomber sur son lit qui grinça sous l'impact. Il attrapa son téléphone. La lumière bleutée éclaira son visage crispé et triste. Minuit, comme attiré par ce mal-être, traversa la chambre et sauta silencieusement sur le matelas. Lucas sursauta.

— Hey ! lâcha-t-il d'un ton irrité.

Mais le chat, imperturbable, s'approcha en ronronnant et posa délicatement une patte sur la jambe de l'adolescent.

— Qu'est-ce que tu veux, toi ? grommela Lucas, bien que sa voix se fût adoucie.

Minuit se frotta contre lui, émettant un son rassurant qui emplit la pièce. Lucas le regarda un instant et ses traits se détendirent malgré lui.

— Descends de là ! fit le garçon sans conviction.

Le félin, bien sûr, ne bougea pas. Il savait qu'il avait trouvé une place ici et que Lucas avait besoin de lui. Minuit était prêt à lui offrir sa présence silencieuse et réconfortante.

— Comme tu veux, marmonna l'adolescent en abandonnant la lutte.

Il s'effondra sur son oreiller, laissant le sommeil le gagner peu à peu. Minuit attendit patiemment, niché contre lui, jusqu'à ce que sa respiration devienne régulière.

Quand Lucas fut endormi, Minuit se redressa et quitta la pièce. Il passa devant la porte fermée d'Élodie et Vincent, sans tenter de l'ouvrir et poursuivit son chemin vers la chambre de Chloé.

Sous une montagne de couettes, la fillette dormait profondément, son souffle léger à peine audible. Minuit bondit sur le lit avec une délicatesse presque irréelle, s'enroula sur lui-même et posa son museau sur ses pattes avant. Ses grands yeux, toujours alertes, fixaient la silhouette de l'enfant, veillant sur elle comme un gardien silencieux dans l'obscurité.

Une semaine s'était écoulée depuis que Minuit avait rejoint la famille Guevel. Sa présence, discrète, mais constante, faisait désormais partie du quotidien. Le chat, fidèle à lui-même, restait d'un calme déconcertant. Il se contentait de manger avec parcimonie, de jouer parfois aux moments les plus incongrus, de s'installer dans des endroits stratégiques pour observer les humains, ou de se promener silencieusement à la recherche du coin parfait où se prélasser.

Pour Minuit, la maison n'avait plus de secrets. Chaque pièce, chaque recoin, chaque odeur faisait désormais partie de son territoire. Mais plus encore, il avait appris à connaître ses habitants.

Vincent passait de longues heures, enfermé dans son bureau, le regard rivé à son écran, les sourcils éternellement froncés par la concentration et les responsabilités. Parfois, Minuit l'observait de loin, l'étudiant avec la patience d'un vieux sage.

Élodie, quant à elle, semblait constamment en mouvement. Elle jonglait entre les tâches ménagères, les courses, son emploi et mille autres obligations. Ses pas pressés résonnaient dans la maison, avec une cadence presque hypnotique que Minuit avait vite reconnue. Il la croisait souvent, son regard doré suivant ses allées et venues.

Lucas, lui, restait retranché dans son monde numérique. Ses silences, ponctués de grognements agacés ou d'exclamations étouffées, interloquaient encore Minuit. Le chat s'aventurait parfois dans sa chambre, et essayait de l'apaiser, mais Lucas demeurait distant, comme enfermé dans une bulle étanche.

Puis, il y avait Chloé. La petite fille de neuf ans débordait d'une énergie douce et sincère. Contrairement aux autres, elle prenait toujours le temps de s'arrêter pour lui. Ses caresses délicates, ses éclats de rire et ses gestes attentionnés illuminaient les journées de Minuit. Elle le brossait avec soin, lui tendait des jouets qu'il feignait d'ignorer avant de bondir dessus avec un semblant d'intérêt. C'était avec elle que Minuit se sentait le plus à l'aise, comme si cette enfant comprenait instinctivement son besoin de calme et de proximité. Chloé l'adorait, et Minuit, en retour, la comblait de son attention discrète. C'était leur petit monde à eux, fait de jeux simples et de moments de complicité.

Ce jour-là, Chloé se réveilla de bonne heure. Elle alluma sa lampe de chevet et repoussa sa couette. Assis sur le fauteuil près de la fenêtre, tel un sphinx miniature, Minuit l'observait. Ses grands yeux d'or scintillaient dans la pénombre. Un sourire éclaira le visage de la fillette. Elle se leva d'un bond léger, ses pieds nus glissant sur le sol encore froid du matin. Elle s'approcha du chat avec douceur et déposa un baiser tendre sur son front, respirant l'odeur subtile de son pelage.

— Bonjour, Minuit, murmura-t-elle. Tu peux te rendormir, tu sais. C'est trop tôt pour toi.

Il la fixa, impassible comme toujours. Pas un muscle ne bougea sous son épaisse fourrure. Chloé haussa les épaules, amusée, et après un dernier regard affectueux, elle se dirigea vers la porte, prête à affronter une nouvelle journée d'école. À peine avait-elle franchi le seuil qu'un bruit léger l'alerta. Elle se retourna pour voir Minuit descendre gracieusement du fauteuil et la suivre, comme s'il avait décidé qu'il était temps, pour lui aussi, de se lever.

— Oh, tu viens avec moi ! s'émerveilla-t-elle, un sourire éclatant illuminant son visage.

Minuit répondit par un miaulement faible, presque délicat, avant de la dépasser pour se diriger vers la cuisine.

— Bonjour, papa ! lança joyeusement Chloé en entrant, ses pas résonnant doucement sur le carrelage.

Vincent, assis à la table, était déjà absorbé par l'écran de son téléphone. Les yeux rivés sur ses mails, il ne réagit pas. Chloé s'arrêta un instant, puis laissa échapper un soupir presque imperceptible. Elle grimaça, avant de se détourner pour attraper une boîte de céréales. Elle versa une poignée dans un bol, ajouta un peu de lait et s'installa. Minuit, posté au centre de la pièce, observait la scène avec attention. Chloé avala ses premières cuillerées de céréales et sourit au chat.

— Tu veux bien me tenir compagnie ? demanda-t-elle à voix basse, presque timidement.

Minuit se redressa et trottina vers la petite fille, sautant sur la chaise à côté d'elle.

Élodie entra en trombe dans la cuisine, les cheveux humides après sa douche matinale. D'une main, elle attrapa un mug et se servit un café brûlant, tandis que de l'autre, elle ouvrait le réfrigérateur à la recherche d'une bouteille de jus d'orange. Elle versa un verre qu'elle posa devant Chloé avec un sourire fatigué.

— Tiens, ma chérie ! dit-elle doucement avant de s'éloigner.

Mais, à peine avait-elle fait un pas qu'elle faillit trébucher. Minuit se tenait immobile, au milieu du passage, ses yeux dorés fixant calmement la scène. Élodie recula juste à temps, son mug vacillant dangereusement dans sa main.

— Minuit ! s'exclama-t-elle en regagnant son équilibre, son cœur battant la chamade.

D'un bond gracieux, le chat sauta sur la table, insensible à toute remontrance. Il s'y installa avec une élégance presque provocante sous le regard médusé d'Élodie.

— Ce chat…, souffla-t-elle, exaspérée, en posant sa tasse d'une main tremblante.

Vincent leva brièvement les yeux de son téléphone, le temps de finir son café.

— Il ne peut s'empêcher d'être dans les pattes de tout le monde ! Saleté de bestiole et… Chloé ! Fais-le descendre de la table ! gronda-t-il, furieux.

Minuit, indifférent à l'hostilité de Vincent, s'étira nonchalamment, faisant rouler ses muscles sous son pelage gris. Il semblait tout à fait satisfait de son poste d'observation privilégié au milieu du chaos matinal.

— Chloé, insista Élodie, lançant un regard suppliant à sa fille.

Chloé tendit la main, pour le caresser doucement derrière les oreilles.

— Allez, Minuit, descends, murmura-t-elle.

Le chat, sensible à ses cajoleries, céda sans protester. Il posa une patte prudente sur le pied de la table et sauta, atterrissant en souplesse sur le sol. Il repéra une balle oubliée près du mur et s'élança dessus avec la vivacité d'un prédateur. Il se mit à la tapoter, à la pousser et à la poursuivre dans toute la pièce. Il s'arrêta et miaula pour inviter Chloé à le rejoindre.

La petite fille fit mine de se lever, mais elle n'eut pas le temps de descendre de sa chaise.

— Chloé ! Reste assise ! gronda Vincent, d'une voix autoritaire qui résonna dans la cuisine. Finis ton petit déjeuner avant de faire quoi que ce soit d'autre.

L'intonation de son père ne laissait pas de place à la discussion. Chloé se renfrogna. Elle obéit et, avec une grimace boudeuse, plongea sa cuillère dans les céréales. Élodie rinçait déjà sa tasse. Elle jeta un rapide coup d'œil à l'horloge murale et son visage se crispa.

— Ma chérie, il faut te dépêcher, dit-elle d'un ton pressant. On va être en retard si tu traînes.

Chloé termina ses céréales à contrecœur, les yeux rivés sur Minuit qui continuait à s'amuser avec sa balle. Le chat semblait insensible à l'agitation qui régnait autour de lui, son attention toute entière fixée sur son jeu. Sa sérénité contrastait avec l'effervescence matinale de ses humains.

Chloé posa son bol vide sur la table avec un soupir désolé. Elle enviait la liberté insouciante de Minuit.

— Chloé, habille-toi ! insista Élodie.

L'instant d'après, la mère et la fille sortirent dans le jardin. Leur maison, une bâtisse néo-bretonne rénovée avec soin, avait le charme des demeures de la région. La famille Guevel avait emménagé dans cette petite ville du Finistère trois ans auparavant, après avoir quitté l'effervescence parisienne. Ici, le rythme était plus paisible, marqué par la proximité de la mer et l'air salin qui imprégnait tout.

Chloé monta à l'arrière de la voiture et boucla sa ceinture en tirant légèrement sur la sangle. Elle jeta un coup d'œil vers la maison. Minuit se tenait derrière la fenêtre et les fixait de ses grands yeux mystérieux tandis que le véhicule reculait dans l'allée.

Après quelques minutes, Chloé se pencha en avant pour mieux parler à sa mère.

— Maman, tu ne trouves pas que Minuit est… bizarre ?

Élodie haussa un sourcil, ses mains restant fermement sur le volant. La route étroite, bordée de talus, exigeait toute son attention.

— C'est un chat, ma chérie. Il lui faut du temps pour s'habituer à sa nouvelle maison.

— Il a l'air de se sentir chez lui, pourtant, répondit Chloé d'un ton hésitant.

— C'est plutôt une bonne chose, non ? lança Élodie, un sourire effleurant ses lèvres.

— Oh oui ! s'exclama Chloé avec enthousiasme. Mais… Ce n'est pas ça. Je ne l'ai jamais vu dormir.

Ces derniers mots firent légèrement tiquer Élodie. Cette constatation était assez étrange, mais elle n'avait pas le temps de s'en préoccuper. Elle haussa les épaules, les yeux rivés sur la route.

— Pour le moment, il reste prudent, expliqua Élodie d'un ton distrait. C'est tout à fait normal chez un animal qui s'adapte.

Chloé, peu convaincue, croisa les bras et se cala contre le dossier de son siège.

— Mouais…, marmonna-t-elle, le regard perdu à travers la vitre.

Elle continua à fixer le paysage qui défilait, mais son esprit demeurait préoccupé. Minuit ne dormait jamais, c'était une certitude. Et pour elle, cela n'avait rien de normal.

Depuis son poste d'observation sur le rebord de la fenêtre, Minuit scrutait la scène matinale qui se répétait jour après jour. Élodie, comme à son habitude, courait d'un bout à l'autre de la cuisine. Elle préparait le petit déjeuner pour la famille, jetant régulièrement des coups d'œil rapides à l'horloge. Une boîte de céréales à la main, elle faisait couler du café et servait du jus d'orange, mais comme souvent, elle oubliait de penser à elle.

Debout, elle buvait son café. Lucas était déjà parti : il devait prendre le bus pour se rendre au collège. Vincent, assis à la table, ne levait pas les yeux de son téléphone, engloutissant une tranche de pain entre deux consultations de mails. Chloé mangeait sans appétit, les paupières encore lourdes, à peine réveillée.

Minuit sauta souplement sur le sol, puis il bondit sans peine sur le comptoir. En se faufilant parmi les objets posés sur le plan de travail, il effleura la panière de fruits. Une pomme roula lentement, s'arrêtant contre la main d'Élodie.

— Qu'est-ce que…, s'exclama-t-elle en sursautant légèrement.

Elle regarda Minuit, dont les pupilles ambrées la fixaient avec une intensité troublante. Elle secoua la tête, amusée.

— Je suppose que je devrais manger quelque chose. Tu as raison… Merci, Minuit, murmura-t-elle presque pour elle-même.

Elle porta la pomme à ses lèvres et croqua dedans. Un léger sourire adoucit alors ses traits fatigués.

— Tu devrais descendre, ajouta-t-elle en jetant un coup d'œil inquiet vers Vincent.

Son mari détestait que le chat grimpe sur les meubles et elle voulait éviter une énième dispute matinale. Minuit, comme s'il comprenait la situation, obéit au moment même où Vincent levait enfin les yeux de son écran. Il se dirigea vers son bol d'eau et se mit à boire avec application.

— Je peux avoir un autre café ? demanda Vincent sans même un mot de remerciement.

— Oui… Oui, bien sûr, répondit Élodie dans un soupir.

Sa voix était empreinte d'une fatigue qu'elle tentait de masquer, mais Vincent ne le remarqua pas. Elle grimaça, retenant l'envie de répliquer et de lui dire de se lever pour une fois et de se servir lui-même. Elle se contenta de verser une nouvelle dose de café brûlant dans la tasse de son mari.

Élodie hésita un instant, tenant toujours la cafetière. Elle la reposa sur son socle, puis s'installa à table, son mug à la main. Elle mordit de nouveau dans sa pomme, sous le regard surpris de Vincent, qui semblait réaliser qu'il ne l'avait pas vue s'asseoir ainsi depuis des mois. Elle prit son temps, savourant chaque morceau, puis sirota son café sans se précipiter. Lorsque sa tasse fut vide, elle leva les yeux vers Minuit. Le chat avait regagné sa place sur le rebord de la fenêtre. Il fixait Élodie avec cette sérénité qu'elle trouvait réconfortante. Elle lui envoya un clin d'œil discret. Il lui répondit en fermant brièvement les yeux. Un véritable sourire éclaira son visage et elle dissimula sa bouche derrière sa main pour retenir un fou rire.

Ce soir-là, comme souvent ces derniers mois, la tension qui régnait dans la maison était palpable. Vincent, après un dîner expédié en silence, s'était enfermé dans son bureau. Ses doigts glissaient frénétiquement sur le clavier et son regard ne quittait pas l'écran. La lumière artificielle de l'ordinateur contrastait avec l'obscurité presque totale de l'endroit, à peine atténuée par un lampadaire design allumé près de la fenêtre.

Minuit s'introduisit dans la pièce à pas feutrés. Il s'approcha tranquillement de l'homme absorbé par son travail. Il se frotta contre ses mollets. Pas de réaction. Il s'assit et poussa un miaulement délicat pour attirer l'attention. Vincent grogna quelque chose d'inintelligible, les yeux restant rivés à l'écran. Minuit ne se découragea pas. Il posa prudemment ses pattes sur la cuisse de Vincent, son museau pointé dans sa direction.

— Le chat ! Je n'ai pas le temps ! pesta Vincent, en écartant l'animal d'une main ferme.

Minuit fit un tour sur lui-même, avant de revenir à l'assaut. D'un bond souple, il bondit sur le bureau. Il se coucha sur le clavier, en appuyant simultanément sur plusieurs touches. Un bruit d'erreur résonna, et un message clignota à l'écran.

— Minuit ! rugit Vincent, les veines de son cou saillant sous l'effet de la frustration.

Il attrapa le chat à pleines mains pour l'envoyer sans ménagement sur le sol. Minuit atterrit sur le plancher avec un miaulement outré, ses pattes écartées dans une posture indignée.

Vincent, quant à lui, corrigeait déjà fébrilement l'erreur causée par l'interruption féline. Il poussa un soupir de soulagement une fois la situation maîtrisée et s'appuya contre le dossier de son fauteuil. La peur d'avoir perdu tout son travail l'avait momentanément paralysé. Son regard glissa vers l'heure affichée en bas de l'écran.

— Une heure dix, marmonna-t-il avant de poser ses yeux fatigués sur Minuit, qui le fixait toujours avec une intensité désarmante.

— Ouais, tu as peut-être raison, concéda Vincent à voix basse après quelques secondes. Je devrais aller dormir.

D'un geste las, il éteignit son ordinateur et se leva. Minuit trottina devant lui, ouvrant la marche tel un guide silencieux. Ils se dirigèrent ensemble vers la cuisine. Le chat s'arrêta près de son bol, s'asseyant avec élégance comme pour faire une demande muette.

— Tu as soif ? s'enquit Vincent.

Il se saisit de la gamelle et la remplit d'eau fraîche avant de la reposer devant l'animal. Minuit s'approcha et se mit à boire avec application. Vincent, quant à lui, se servit un verre au robinet et le but d'un trait, l'esprit toujours préoccupé par son travail. Alors qu'il quittait la cuisine, Vincent réalisa que c'était la première fois qu'il s'occupait du chat. Il jeta un dernier regard vers Minuit, qui continuait à se désaltérer, imperturbable. Il haussa les épaules, puis rejoignit sa chambre en bâillant.

Le lendemain, le calme de l'après-midi fut brisé par l'arrivée tonitruante de Lucas. La porte d'entrée claqua violemment, résonnant dans toute la maison. Chloé, qui jouait tranquillement avec Minuit, sursauta.

— Lucas ! Je t'ai déjà dit de ne pas claquer la porte ! cria Élodie depuis la cuisine, visiblement excédée.

L'adolescent monta les marches quatre à quatre et s'enferma dans sa chambre.

Minuit, surpris par cette interruption brutale, s'était aplati au sol, les oreilles plaquées en arrière, prêt à fuir. Ses grands yeux dorés fixaient l'escalier avec méfiance. Chloé l'entoura de ses bras et déposa des bisous apaisants sur le sommet de son crâne.

— N'aie pas peur, Minuit, murmura-t-elle d'une voix douce.

Le chat la remercia d'un ronronnement profond. La petite fille enfouit son visage contre le pelage épais et chuchota, comme pour lui dire un secret :

— Il est bizarre, Lucas, depuis la rentrée.

Minuit bougea légèrement ses oreilles, puis poussa la main de Chloé avec sa tête, comme pour l'encourager à continuer.

— J'sais pas ce qu'il a… Il ne parle plus. Il passe tout son temps sur son téléphone.

Le ronronnement de Minuit devint plus intense, vibrant comme une réponse silencieuse.

— Il s'occupe même plus de moi, ajouta Chloé d'une voix tremblante. Si t'étais pas là, je serais toute seule.

Le chat frotta doucement sa joue contre celle de Chloé.

— Merci, Minuit… Je t'aime…, avoua-t-elle en caressant délicatement l'échine de l'animal du bout des doigts.

Minuit, sensible à l'émotion de la fillette, grimpa sur ses genoux et s'y installa confortablement, les pattes repliées sous son corps. Il laissa Chloé le cajoler, l'encourageant par des petits coups de langue sur sa main.

Le soir venu, Minuit entreprit sa promenade nocturne habituelle, arpentant la maison plongée dans la pénombre. Ses pas silencieux le menèrent finalement à la porte de Lucas. Le garçon avait dîné le visage fermé et le regard fuyant. Il était retourné très vite dans son antre, en prétextant des devoirs à faire.

Minuit se dressa contre la porte close, appuyant doucement ses pattes sur le panneau. La porte s'entrouvrit dans un léger grincement. Le chat se faufila à l'intérieur avec la grâce d'un prédateur, son corps souple se glissant dans l'étroit passage.

Lucas était couché à plat ventre sur son lit, la lumière bleutée de son téléphone éclairant son visage fatigué. Ses écouteurs enfoncés dans les oreilles, il semblait perdu dans un autre monde. Ses yeux rougis trahissaient une veille prolongée et une lassitude bien plus profonde qu'il ne voulait l'admettre. Minuit bondit avec précision sur le lit. Il marcha avec précaution sur la surface molle, puis s'allongea sur le téléphone, le recouvrant intégralement.

— Hey, reste pas là ! s'écria le garçon.

Il poussa le chat, sans réussir à le déplacer. Il retira ses écouteurs d'un geste rageur.

— Minuit ! Dégage ! grogna-t-il.

Le félin ne bougea pas, son ronronnement bas et constant résonnant dans le silence de la pièce. Ses pupilles dorées scrutaient Lucas avec une curiosité presque humaine, comme s'il sondait ses pensées. Lucas, d'abord irrité, hésita. Puis, contre toute attente, un rire éclata, sincère et soudain.

— Tu veux que je me repose, c'est ça ?

Minuit le fixa un instant, puis ferma brièvement les yeux, comme pour confirmer l'affirmation du garçon.

— Okay, si tu veux ! murmura Lucas, secouant la tête avec un mélange d'agacement et de résignation.

Il bascula sur le dos, abandonnant son téléphone à Minuit. Celui-ci roula sur lui-même avant d'attraper doucement la main de l'adolescent entre ses pattes. Ses griffes sortirent juste assez pour retenir la main captive.

— Aïe ! protesta Lucas en riant, bien que sa voix trahisse plus d'amusement que de douleur.

Minuit ne relâcha pas sa prise. Lucas sourit et se mit à le caresser, passant ses doigts dans le pelage dense et chaud.

Le ronronnement du chat s'intensifia, une vibration apaisante qui remplit la pièce comme une berceuse. Peu à peu, l'adolescent se laissa gagner par la fatigue. Son visage, si souvent crispé ces derniers jours, se détendit. Enfin, Lucas sombra dans un sommeil profond. Minuit demeura immobile, patientant, le temps de s'assurer que le garçon ne se réveillerait pas.

Après de longues minutes, il se leva avec précaution et quitta la chambre de sa démarche fluide, la tête haute, la queue dressée, fier de son devoir accompli.

Chloé revint à la maison tout excitée. Aujourd'hui était une date spéciale. Cela faisait un mois que Minuit était entré dans sa vie. Elle l'adorait plus que tout. Son regard mystérieux, sa manière de la réconforter par sa seule présence, ses câlins, tout la fascinait. Depuis son arrivée, elle avait pris l'habitude de faire ses devoirs avec lui à ses côtés, profitant de ces moments pour lui confier ses joies et ses peines. Il lui prêtait une oreille attentive, donnant l'impression qu'il comprenait tout ce qu'elle disait. En fait, Chloé était persuadée qu'il comprenait tout.

Elle jeta son sac sur le canapé et chercha Minuit du regard. Fidèle à sa routine, Minuit était installé sur son coussin préféré, près de la fenêtre. Chloé courut vers lui et passa une main légère sur son pelage gris et soyeux. Dès qu'elle le toucha, un ronronnement profond se déclencha, comme si elle avait appuyé sur un interrupteur. Minuit plissa les yeux avec un air de contentement absolu. La fillette pressa son visage contre son flanc chaud.

— Bon anniversaire, Minuit, murmura-t-elle. Je suis si heureuse que tu sois là.

Le chat leva ses grandes pupilles dorées vers elle, comme s'il saisissait le sens de ses paroles. Il déroula son corps avec grâce, puis sauta sur le sol. Il se frotta contre ses mollets, puis s'éloigna de quelques mètres. Il s'arrêta et la fixa, une étincelle dans le regard, comme pour l'inviter à le suivre.

— Tu veux monter ? demanda Chloé avec un sourire, impressionnée par son intelligence.

Minuit reprit sa marche vers l'escalier qu'il escalada souplement. Chloé lui emboîta le pas, le cœur léger. Elle le retrouva déjà installé sur son lit lorsqu'elle entra dans sa chambre.

— Tu sais ce que je veux, hein ? fit-elle en s'asseyant à côté de lui. Tu as compris que j'avais envie d'être seule avec toi.

Minuit pencha la tête, comme pour mieux l'écouter.

— Oui, tu as raison… Je suis inquiète, murmura-t-elle, sa voix baissant d'un ton. C'est… maman.

Elle glissa ses doigts dans l'épaisse fourrure du chat, perdue dans ses pensées.

— Elle est toujours fatiguée, je suis sûre que tu l'as remarqué. Elle court partout. Le matin, elle prépare tout pour tout le monde, puis elle part au travail. Et le soir, quand elle rentre, elle est encore plus épuisée.

Sa voix se brisa légèrement.

— Elle essaie de ne rien montrer, mais je le vois bien. Elle sourit moins. Et parfois, je l'entends pleurer dans sa chambre quand elle croit que je dors.

Minuit ronronnait doucement, un son réconfortant qui semblait l'encourager à poursuivre.

— J'ai peur qu'elle tombe malade, comme la maman de Julie.

Elle prit une profonde inspiration, ses yeux se perdant un instant dans ceux de Minuit.

— Et papa…, continua-t-elle, la gorge serrée. Il est toujours dans son bureau ou au travail. Il ne parle presque plus à maman. J'ai peur qu'un jour il parte, comme le père de Léa. Elle pleure tout le temps depuis qu'il a quitté la maison.

Elle s'interrompit, le silence vibrait presque dans la pièce. Elle avait gardé ses craintes enfouies pendant des semaines, alors cet aveu à ce petit confident lui faisait du bien. Minuit poussa la main de Chloé avec son museau humide pour l'inciter à poursuivre.

— Et puis… Il y a Lucas…

Chloé marqua une pause, ses yeux s'emplissant de larmes.

— Il ne va pas bien du tout. Tu l'as vu, hein ? Il est toujours enfermé dans sa chambre. Il ne parle à personne. Avant, il n'était pas comme ça. Je pense qu'il est triste, vraiment triste, mais il ne veut rien dire.

Elle caressa le dos de Minuit, qui se blottit davantage contre elle.

— J'ai essayé de lui parler, mais il dit que ça va. Je ne le crois pas. Je ne sais pas quoi faire, Minuit. Est-ce que je devrais tout raconter à maman ?

Le chat, les yeux mi-clos, semblait l'écouter avec attention.

— Tu as raison, soupira-t-elle. Elle a déjà beaucoup trop de soucis, mais j'ai peur pour lui.

Elle essuya ses larmes d'un geste rapide. Elle ne voulait pas pleurer.

— J'aimerais que tout redevienne comme avant, murmura-t-elle, la voix brisée. Quand on rigolait tous ensemble, quand papa faisait des blagues au dîner, quand Lucas venait jouer avec moi, quand maman avait le temps de s'asseoir avec nous dans le salon. Mais maintenant, c'est différent. Tout est… plus lourd.

Minuit, comme s'il comprenait l'importance de ses confidences, se roula en boule contre elle. Son ronronnement profond résonnait dans la pièce, enveloppant Chloé d'un calme rassurant. La petite fille sourit malgré elle, essuyant une dernière larme.

— Tu es vraiment le meilleur des amis, Minuit. Je sais que tu ne peux pas tout arranger, mais au moins, tu es là. Et ça, c'est déjà beaucoup.

Elle s'allongea sur son lit, gardant Minuit tout contre elle, ses doigts enfouis dans le pelage du chat. Parler à voix haute de ses inquiétudes lui avait permis de soulager un peu de ce poids qu'elle portait.

— Dors bien, Minuit, murmura-t-elle avant de fermer les yeux.

Il resta à ses côtés, immobile, veillant sur elle comme il savait si bien le faire.

Élodie entra sans bruit dans la chambre, deux heures plus tard, au moment du dîner. La lumière tamisée du soir dessinait une scène paisible : Chloé sommeillait, une main posée sur la patte du chat étendu près d'elle.

Un sourire attendri glissa sur les lèvres d'Élodie, puis elle frémit sans trop en comprendre la raison. Minuit la fixait, les yeux grands ouverts, en ronronnant doucement. Elle secoua la tête pour chasser cette étrange impression.

— Ma chérie, il est l'heure de dîner, murmura-t-elle.

Chloé ouvrit les yeux, papillonnant quelques instants avant de croiser le regard attentif de Minuit. Elle fronça les sourcils. *Est-ce que Minuit a dormi ? Bien sûr que oui*, se dit-elle. *C'est maman qui l'a réveillé.*

— Allez, viens manger, insista Élodie en ajustant un coussin tombé sur le bord du lit.

Chloé caressa doucement la tête de Minuit avant de se lever. Au moment de quitter la pièce, elle s'arrêta pour mieux l'observer. Le chat était assis sur le lit, son regard doré fixé sur elle avec une intensité qui lui donna un léger frisson.

Les chats passent leur temps à dormir, se répéta-t-elle mentalement. C'était même l'un des arguments de son père pour justifier qu'il ne les aimait pas. « Ça ne sert à rien, ces bestioles. Elles dorment toute la journée », disait-il souvent.

Mais… Elle ne l'avait jamais vu dormir. Pas une seule fois.

La fillette secoua la tête pour chasser cette idée absurde. C'était impossible. Bien sûr que Minuit dormait. Peut-être qu'elle ne le remarquait pas, voilà tout. Pourtant, le doute persistait, logé comme une petite graine dans son esprit.

— Chloé ? appela Élodie depuis le couloir.

— J'arrive, maman, répondit-elle en hâte.

Elle descendit les escaliers, toujours troublée. Minuit ne dormait jamais. Elle en était presque convaincue. Et cette certitude, aussi irrationnelle soit-elle, refusait de s'effacer.

Chloé se réveilla en sursaut au milieu de la nuit, son cœur battant la chamade. Elle ne se souvenait déjà plus de son rêve, mais il avait été étrange, presque oppressant. La lumière douce de la lune traversait les rideaux, projetant des ombres mouvantes sur les murs de sa chambre. Elle frissonna, car elles avaient quelque chose de terrifiant. Elle cligna des yeux pour mieux fouiller l'obscurité, en essayant de se convaincre que les monstres n'existaient pas.

Son regard se posa alors sur son bureau. Minuit était là, couché tel un sphinx immobile. Ses pupilles dorées captaient la lumière argentée. Elles scintillaient dans la pénombre comme des fragments d'étoiles. Il la fixait avec cette intensité qui lui était propre.

Le cœur de Chloé s'emballa de nouveau, mais ce n'était pas de la peur. C'était autre chose. Une sensation d'étrangeté, amplifiée par le silence nocturne et son réveil brutal. *Il ne dort toujours pas*, réalisa-t-elle en serrant sa couette contre elle.

La fillette s'assit en ramenant ses jambes contre sa poitrine. Elle enroula les bras autour de ses genoux, sans quitter le chat des yeux.

— Minuit…, murmura-t-elle dans un souffle presque imperceptible.

Elle frissonna et agrippa sa couette, pour la tirer jusqu'à ses épaules. Au milieu de la nuit, le surnaturel s'imposait comme une vérité.

Le félin se leva avec une lenteur calculée, s'étirant longuement, ses griffes saillirent un instant avant de se rétracter. Puis, d'un bond fluide, il atterrit au bout du lit. Son ronronnement, profond et vibrant, emplit la chambre, brisant le silence oppressant. Il s'approcha et se blottit contre elle. Chloé tendit une main tremblante pour caresser son pelage soyeux.

— Pourquoi tu ne dors pas ? souffla-t-elle.

Minuit posa son menton sur ses genoux, continuant de la fixer avec cette attention troublante, presque humaine. Chloé soupira, se passant les doigts dans ses cheveux ébouriffés. Avec un sourire ensommeillé, elle le grattouilla derrière les oreilles et sur le sommet de la tête.

— Tu es spécial, toi, j'en suis sûre. Tu… Tu veilles sur nous, n'est-ce pas ? chuchota-t-elle, d'un ton suppliant, s'attendant presque à une réponse de l'animal.

Minuit renforça son ronronnement, comme pour confirmer les soupçons de la petite fille. Elle sourit avant de lui donner un gros bisou.

— Merci, murmura-t-elle, le cœur un peu plus léger.

Elle se laissa retomber en arrière, ses yeux suivant les contours du plafond. Minuit grimpa sur sa poitrine, s'y installant comme un conquérant sur son trône. Il pétrit la couette de ses pattes avant.

— Tu m'écrases, marmonna Chloé, en le poussant doucement.

Minuit s'étira une dernière fois avant de venir se coller contre son flanc. Son ronronnement se fit plus léger, mais il restait constant, comme un murmure rassurant dans le calme nocturne. Apaisée par sa présence, Chloé ferma les paupières. Les battements de son cœur ralentirent, et elle sombra rapidement dans un sommeil paisible, le souffle chaud de Minuit contre elle.

Le lendemain matin, Chloé bondit hors de son lit, encore excitée par ce qui s'était passé pendant la nuit. Elle devait absolument tout raconter à sa mère. Mais, en arrivant dans la cuisine, son enthousiasme retomba aussitôt.

Vincent, debout près de la table, avait les traits crispés. Son mug de café claqua bruyamment sur le plan de travail.

— J'y vais ! lança-t-il d'un ton sec en se levant d'un mouvement brusque.

— Vincent…, protesta Élodie, les yeux rougis et la voix tremblante.

— Je n'ai pas envie de parler ! coupa-t-il, sans lui laisser le temps de continuer.

Il quitta la pièce sans un regard pour Chloé, attrapa sa veste et claqua la porte d'un geste rageur. Le bruit résonna dans la maison, suivi d'un silence lourd. Élodie poussa un long soupir et détourna les yeux pour ne pas croiser ceux de sa fille.

— Ma chérie, quelles céréales veux-tu manger ce matin ? demanda-t-elle d'un ton neutre.

— Celles au chocolat, répondit Chloé, d'une voix à peine audible.

Elle hésita. Elle avait envie de se lever pour enlacer sa mère, mais une gêne inexplicable l'en empêchait. Finalement, elle grimpa silencieusement sur sa chaise. Élodie posa le paquet de céréales et la bouteille de lait devant elle.

— Ça va, maman ? s'enquit timidement Chloé.

— Mais oui, ne t'inquiète pas, affirma Élodie avec un sourire forcé.

Chloé baissa les yeux sur son bol, mais elle sentait son cœur se serrer. Elle avait envie de pleurer. Elle détestait les disputes entre ses parents. Ces moments de tension la faisaient toujours imaginer le pire, comme si un gouffre s'ouvrait sous ses pieds.

Minuit sauta sur la chaise voisine et posa délicatement ses pattes sur ses jambes. La fillette le regarda en déglutissant. Des larmes emplissaient ses yeux. Elle glissa sa main sur sa tête et le caressa. Elle sentit le petit corps vibrer sous ses doigts et cette onde l'apaisa.

— Merci, Minuit, chuchota-t-elle, un faible sourire adoucissant ses traits.

Elle mangea lentement, sans grand appétit, avant d'aller se brosser les dents. Pendant ce temps, Élodie s'activait dans la cuisine, rassemblant les affaires nécessaires pour la journée.

— Où sont mes foutues clés ? s'exclama-t-elle, frustrée d'être étourdie comme chaque fois qu'elle était perturbée.

Elle vida son sac à main sur la table, renversant tout son contenu, mais ses clés restaient introuvables. Elle sentit des larmes lui monter aux yeux. *Je suis tellement épuisée*, songea-t-elle.

Minuit miaula. Élodie tourna la tête vers lui. Il était assis près du canapé et avait une patte sur le trousseau de clés.

— Oh ! Merci, Minuit, souffla-t-elle, à la fois soulagée et incrédule.

Elle ramassa le trousseau tout en félicitant le chat d'une petite caresse. Elle fit un pas vers la sortie et s'arrêta, interloquée. Comment pouvait-il savoir ce qu'elle cherchait ? Déjà, quelques jours plus tôt, il avait miaulé juste à temps pour lui rappeler son sac à main oublié dans le couloir.

— Je me fais des idées, murmura-t-elle pour se rassurer, même si un doute persistant lui picotait l'esprit.

Le bruit des pas de Chloé dévalant les escaliers chassa ses réflexions. Élodie rangea rapidement ses affaires et se força à retrouver son calme.

— On y va, ma chérie ! lança-t-elle avec un sourire qu'elle espérait convaincant.

Chloé adressa un bisou soufflé à Minuit avant de suivre sa mère.

Ce soir-là, un calme pénible régnait sur la maison. Vincent avait prétexté un projet important et ne rentrerait pas pour le dîner. Élodie, après avoir grignoté quelques bouchées, s'était plongée dans le ménage, comme si frotter et ranger pouvait éloigner les pensées qui l'assaillaient.

À table, Lucas avait à peine touché à sa nourriture. Taciturne de nature, il semblait encore plus renfermé que d'habitude, les épaules voûtées, les yeux rivés sur son assiette comme s'il cherchait à disparaître. Une fois le repas terminé, il s'était éclipsé sans un mot.

Chloé soupira profondément. Elle se sentait seule. Elle avait l'impression qu'un poids invisible étouffait l'énergie de la maison. Ramassant ses devoirs, elle grimpa à l'étage, Minuit sur les talons. Elle s'arrêta devant la porte de son frère, et après une grande inspiration, elle tapota sur le panneau.

— Qu'est-ce que tu veux ? grogna Lucas.

Chloé entrouvrit timidement la porte et passa la tête.

— J'voudrais te parler, tenta-t-elle d'un ton hésitant.

Lucas ne se détourna même pas de son téléphone.

— J'ai pas le temps, lança-t-il sèchement.

— Lucas ! insista-t-elle avec plus de force. Maman…

— Chloé, laisse-moi tranquille ! aboya Lucas en relevant brusquement la tête, ses yeux brûlant d'une colère qui la fit reculer d'un pas.

La fillette se figea, surprise par l'intensité de sa voix. Son visage se crispa en une grimace triste, et sans un mot, elle se détourna. Elle courut presque jusqu'à sa chambre, ses petits pieds résonnant sur le parquet du couloir. Une fois dans sa pièce, elle se pelotonna sur un gros coussin posé dans un coin, enfouissant son visage dans ses bras pour étouffer les sanglots qui montaient.

Minuit la rejoignit. Il s'assit près d'elle, ses grands yeux dorés brillant dans la lumière tamisée.

— Heureusement que tu es là, toi, renifla-t-elle.

Elle l'attrapa doucement, le serrant très fort. Elle le berça maladroitement, sa respiration encore saccadée par ses pleurs. Minuit, d'ordinaire peu amateur de ce genre de câlins prolongés, resta immobile. Son ronronnement discret s'éleva, comme un murmure apaisant. Chloé continua de le tenir contre elle, ses petites mains caressant son pelage dense. Elle se calma peu à peu, les battements de son cœur retrouvant leur rythme. Minuit se blottit un peu plus contre elle, son poids chaud lui apportant un réconfort qu'aucun mot n'aurait pu offrir.

La fillette s'était endormie tôt, apaisée par les ronronnements envoûtants de Minuit. Dès que sa respiration devint régulière, le chat descendit du lit et sortit de la chambre. Il capta le murmure de la télévision dans le salon. Élodie devait attendre le retour de Vincent, espérant peut-être une conversation qui n'aurait probablement pas lieu. Il trottina dans le couloir jusqu'à la porte de Lucas sous laquelle tremblotait une faible lumière. C'était sa destination.

Il s'approcha silencieusement et appuya sur le panneau qui ne fermait pas bien. La porte s'entrouvrit dans un grincement léger, et le chat se faufila à l'intérieur comme si la taille de son corps était modulable.

Lucas était assis à son bureau, sa main reposait immobile sur la souris. Ses yeux fatigués fixaient l'écran, mais son esprit semblait ailleurs, perdu dans un tourbillon de pensées sombres. Minuit vint se frotter contre ses jambes, espérant attirer son attention, mais Lucas ne réagit pas. Alors, d'un bond précis, le chat atterrit sur la table de travail. Lucas sursauta.

— Hey ! Mais qu'est-ce que tu fais là ? murmura-t-il, sans vraiment attendre de réponse.

Minuit leva ses yeux dorés qui reflétaient la lumière de l'écran. Il cherchait une caresse.

— Très bien, soupira Lucas en passant une main distraite sur le pelage de l'animal. Si ça te fait partir plus vite.

Minuit s'aplatit sur la table, juste devant le clavier. Lucas laissa échapper un petit rire amer avant de s'appuyer contre son fauteuil, renversant la tête pour regarder le plafond.

— Je devrais te prendre par la peau du cou et te jeter dehors, grommela-t-il.

Il n'en fit rien, bien sûr. Il garda les yeux rivés sur les dessins formés par les ombres.

— C'est idiot…, murmura-t-il après plusieurs minutes.

Sa voix cassée par une émotion qu'il tentait de réprimer le fit sursauter. Il déglutit, avant de poursuivre :

— Je sais que tu ne peux pas comprendre, mais…

Les mots se coincèrent dans sa gorge. Il secoua la tête, puis reporta son attention sur Minuit. Le chat, immobile, semblait attendre qu'il formule son mal être. Lucas prit plusieurs inspirations, de plus en plus douloureuses, puis le barrage céda.

— Ils me détestent, finit-il par lâcher. À l'école, je veux dire. Personne ne me parle… enfin, sauf si tu comptes les insultes.

Minuit intensifia légèrement son ronronnement, comme pour l'encourager à continuer.

— Les autres… Ils se moquent de moi. Tout le temps. Parce que… Parce que je ne suis pas comme eux, que j'suis trop mince, pas assez sportif, ou que j'ai des bonnes notes… ou…

Il haussa les épaules.

— J'en sais rien, en fait. Juste, ils me haïssent. Ils m'insultent tout le temps. Ils me poussent dans les couloirs… Ce genre de truc, tu vois.

Sa voix se brisa, et il prit une inspiration qui s'acheva dans une toux chevrotante.

— Aujourd'hui, ils m'ont coincé dans les toilettes. C'était… horrible…

Lucas serra les poings sur ses genoux.

— Et maintenant… Ils se moquent de moi sur les réseaux.

Il marqua une pause, comme si prononcer ces mots à voix haute rendait la situation encore plus réelle et plus insoutenable.

Minuit accentua son ronronnement en le fixant de ses yeux dorés. On aurait dit qu'il savait que ce moment était crucial, que l'adolescent avait besoin d'exprimer tout ce qu'il ressentait.

— J'ai essayé de les ignorer, reprit Lucas d'une voix plus faible. J'ai tenté de me défendre, mais rien ne marche. Ça devient insupportable.

Il détourna le regard. Il tremblait de tous ses membres.

— Je n'en ai pas parlé aux parents, parce que… Qu'est-ce qu'ils pourraient faire ? Ils sont trop occupés par leur travail ou à se disputer. Je ne veux pas leur fournir une excuse pour se crier dessus. Et Chloé… Elle est trop petite. Je ne veux pas lui faire peur.

Il se leva brusquement, repoussant violemment son fauteuil, et se jeta sur son lit. Face contre l'oreiller, ses épaules commencèrent à trembler.

D'un saut gracieux, Minuit le rattrapa. Il atterrit sur le lit et se blottit contre son cou. Lucas pivota, enfouissant son visage trempé de larmes dans le pelage doux et chaud de son petit compagnon.

— Et toi… Toi tu n'es qu'un chat ! Tu ne comprends rien, mais au moins, tu ne te moques pas de moi. Et… Et tu es là.

Minuit tourna légèrement la tête et, d'un geste instinctif, passa sa langue râpeuse sur les joues salées du garçon. Lucas sursauta à cette sensation inattendue, puis éclata en sanglots plus profonds. Ils restèrent ainsi un long moment, Lucas s'agrippant au chat comme à une bouée dans un océan d'émotions.

— Je ne sais pas quoi faire, avoua-t-il enfin. Je voudrais juste que ça s'arrête. Oui… Que tout ça s'arrête !

Minuit roula sur lui-même et lui attrapa la main entre ses pattes, puis se contorsionna pour se coller à Lucas. Le chat, immobile, ronronnait puissamment et la vibration apaisante semblait absorber le désespoir de l'adolescent. Pour la première fois depuis des semaines, Lucas ressentit un étrange réconfort. Il n'était plus seul. Même si Minuit ne parlait pas, le garçon avait l'impression qu'il le comprenait, qu'il le soutenait. Il savait, tout au fond de lui, que c'était ridicule, que ce n'était qu'un animal, mais cela paraissait si réel.

Finalement, épuisé par les pleurs, les émotions refoulées et le manque de sommeil, Lucas s'endormit.

Chloé se réveilla en sursaut, son cœur battant d'excitation à l'idée des vacances qui commençaient. Elle alluma sa lampe de chevet et chercha Minuit du regard, mais le coussin habituel du chat était vide. Elle sauta hors de son lit, enfila sa robe de chambre, et descendit précipitamment les escaliers, ses petits pieds résonnant sur les marches. Elle s'arrêta net à l'entrée de la cuisine. Son père et sa mère se tenaient enlacés, devant la machine à café. Cela faisait une éternité qu'elle ne les avait pas vus comme ça. Une chaleur douce envahit la poitrine de Chloé. Elle resta en retrait, les observant avec bonheur.

Et puis, elle remarqua Minuit, assis sur le rebord de la fenêtre, comme souvent. Il affichait un air étrange, presque contemplatif. Chloé eut alors la certitude que la réconciliation de ses parents était de son fait.

— Hey, crevette, qu'est-ce que tu fais là ? lança Lucas d'une voix enjouée, juste derrière elle.

Chloé sursauta, pivotant pour faire face à son frère. Il semblait détendu, presque joyeux, avec une expression qu'elle ne lui avait pas vue depuis des semaines. Lucas lui posa un baiser léger sur le front en passant devant elle, un geste qui la laissa bouche bée. *Qu'est-ce qui lui arrive ?* se demanda-t-elle abasourdie.

Il entra dans la cuisine et, contre toute attente, gratifia Minuit d'une petite caresse sur la tête avant de rejoindre la table.

Quelques instants plus tard, toute la famille était réunie autour d'un petit déjeuner simple, mais étonnamment chaleureux : tartines grillées, beurre, confiture, céréales, et éclats de rire. Vincent et Élodie discutaient joyeusement, évoquant une anecdote amusante sur le frère de Vincent, survenue l'été précédent. Lucas, qui d'habitude traînait son téléphone comme une extension de lui-même, mangeait avec appétit. Il avait laissé son smartphone dans sa chambre.

— Tu vas bien ? souffla Chloé à son frère.

Lucas lui adressa un clin d'œil complice.

— Ben ouais, c'est les vacances !

— Tu as prévu quelque chose ? lui demanda Élodie.

— Pas vraiment. J'vais sans doute traîner avec Jules.

— Vous pourriez aller à la piscine, proposa sa mère.

— Il y a un film de super héros qui vient de sortir. Nous pourrions aller au cinéma tous ensemble, suggéra Vincent, à la grande surprise de Chloé.

— Oh, ouais ! s'enthousiasma le garçon.

— Et toi, Chloé ? demanda Élodie en se tournant vers elle. Tu as prévu quelque chose ?

— Non… Je vais jouer avec Minuit.

— Ce chat n'est pas le centre du monde, tu sais, répondit Vincent avec une pointe d'amusement.

— Mais il sera content qu'on soit un peu avec lui, précisa timidement la fillette. Il est tout seul tout le temps.

— Bien sûr, acquiesça Vincent d'un ton distrait. Mais n'oublie pas d'aller jouer dehors, d'accord ?

— Oui, papa.

— On s'est arrangé pour télétravailler pendant les vacances, ajouta Élodie. Comme ça, il y aura quelqu'un à la maison.

Chloé leva les yeux, une lueur d'espoir brillant dans son regard.

— Est-ce que tante Céline viendra nous garder ?

Le visage d'Élodie se troubla légèrement, et elle déglutit avant de répondre.

— Non, elle est trop faible, ma chérie. Mais on va se débrouiller.

— Je peux gérer, maman, déclara Lucas avec une assurance nouvelle qui surprit tout le monde.

Élodie posa une main affectueuse sur l'épaule de son fils.

— Oui, je sais mon grand.

Le petit déjeuner se poursuivit, ponctué de quelques éclats de rire.

Plus tard dans la matinée, Chloé et Élodie quittèrent la maison pour faire quelques courses au supermarché. La voiture roulait paisiblement sur les routes du quartier. Chloé se tortilla quelques minutes sur son siège avant d'aborder le sujet qui lui tenait à cœur.

— Maman, je… Je crois que Minuit est… Je pense que ce n'est pas un chat normal.

Élodie haussa un sourcil et tourna brièvement la tête vers sa fille, un sourire amusé sur les lèvres.

— Oh, vraiment ? fit-elle avec douceur, anticipant la discussion à venir.

— Il… Il nous aide, expliqua la fillette, sa voix teintée d'une conviction sincère.

— Bien sûr, ma chérie. La présence d'un animal est toujours bénéfique, répondit Élodie, un brin attendrie par la remarque.

— Non, ce n'est pas ce que je veux dire. Il agit vraiment sur nous, insista Chloé, cherchant ses mots.

Élodie resta silencieuse quelques instants, ses doigts jouant distraitement sur le volant. Elle ne voulait pas brider l'imagination débordante de sa fille. Et pourtant… Quelque chose dans les paroles de Chloé résonnait en elle. Minuit avait effectivement semblé favoriser son rapprochement avec Vincent. *N'importe quoi* ! se dit-elle. *C'était juste fortuit.*

— Les chats sont des animaux très intelligents et pleins d'empathie, balbutia-t-elle finalement, espérant calmer les spéculations de sa fille.

— Oh oui ! s'exclama Chloé, son visage s'illuminant. Je crois qu'il comprend tout ce qu'on dit. Et… Et je suis sûre qu'il ne dort jamais.

Élodie lui jeta un coup d'œil sceptique.

— Bien sûr que si, ma chérie.

— Je ne l'ai jamais vu dormir, maman, je t'assure, insista la fillette.

— Il dort la nuit, ou peut-être dans la journée, quand on n'est pas là, répondit Élodie avec patience.

Mais Chloé secoua la tête, obstinée.

— Non… La nuit, il me regarde. Je le sais, je le sens.

— Il ouvre sûrement les yeux quand il t'entend bouger, ma chérie. Les chats dorment beaucoup, insista Élodie.

Le ton d'Élodie se voulait rassurant, mais elle commençait à percevoir la profondeur de la conviction de sa fille. Elle avait déjà mentionné ce détail, juste après l'arrivée du chat. Elle secoua la tête. L'imagination était certes une bonne chose, mais elle ne devait pas conduire à des théories délirantes.

— Pas Minuit ! C'est ce que j'essaie de te dire, maman. Minuit ne dort pas, s'obstina Chloé.

Élodie soupira doucement, cherchant à tempérer la conversation sans l'interrompre brutalement.

— Chloé…

— Je vais le prouver, tu verras, déclara la fillette avec détermination.

— Si tu veux, ma chérie, céda Élodie avec un sourire las.

Après tout, si cela pouvait amuser Chloé, pourquoi pas ? Un brin de mystère et d'enthousiasme autour de ce chat ne pourrait que stimuler son imagination. Pourtant, une petite voix au fond d'elle ne put s'empêcher de murmurer : *Et si Chloé avait raison ?*

Chloé comprenait bien qu'elle ne convaincrait ni sa mère ni personne dans sa famille. Après tout, les chats étaient réputés pour dormir une grande partie de la journée. C'était ce que tout le monde disait. Pourtant, elle en était certaine : Minuit n'était pas comme les autres. Et ces vacances scolaires qui débutaient à peine étaient l'occasion parfaite pour mener son enquête et démontrer qu'elle avait raison.

Dès leur retour à la maison, Chloé se précipita dans le salon. Elle s'installa à la table, assise sur ses genoux, armée d'un carnet et de ses crayons. Elle prit soin d'écrire la date en haut de la première page, comme si elle amorçait une mission d'une importance capitale. Minuit, fidèle à ses habitudes, monta gracieusement sur le canapé. Il s'y allongea, ses pattes repliées sous lui, et posa ses grands yeux dorés sur Chloé. Son regard, calme et attentif, semblait suivre chacun de ses gestes.

— Tu vas voir, Minuit, je vais tout prouver, souffla-t-elle, avec une grimace déterminée.

De l'autre côté de la pièce, Élodie s'affairait à ranger la vaisselle propre. Elle se tourna vers Chloé en l'entendant parler.

— Que veux-tu prouver, ma chérie ? demanda-t-elle, amusée par sa ténacité.

— Que j'ai raison ! Que Minuit ne dort pas ! répliqua Chloé avec une fermeté surprenante pour son âge.

Élodie haussa un sourcil, puis secoua doucement la tête en souriant. Sa fille pouvait se montrer têtue.

— Et comment comptes-tu t'y prendre pour le prouver ? s'enquit-elle, une pointe de curiosité dans la voix.

Une lueur malicieuse brilla dans les prunelles de Chloé.

— Je vais faire une enquête, déclara-t-elle avec tout le sérieux du monde.

— Une enquête, rien que ça ? fit Élodie.

— Oui, une enquête ! Je vais tout observer, tout noter, et quand j'aurai assez de preuves, tu verras que j'ai raison !

Élodie rit doucement en retournant à sa vaisselle.

— Si tu veux, ma chérie. Mais profite aussi des vacances pour t'amuser un peu, d'accord ?

— D'accord, maman, répondit Chloé, même si son ton laissait deviner qu'elle ne comptait pas lâcher son projet.

La petite fille reprit son carnet et commença à y noter ses premières observations.

Jour 1 :

15 h 30 : Minuit est couché sur le canapé. Ses yeux sont ouverts.

Elle jeta un coup d'œil au chat, toujours immobile, mais éveillé.

— Je vais te surveiller, Minuit. Jour et nuit, murmura-t-elle, comme pour elle-même.

Fidèle à lui-même, Minuit se contenta de cligner lentement des yeux. Chloé prit cette réaction pour un défi silencieux.

Ainsi débuta l'enquête de Chloé.

La petite fille avait passé la majeure partie de sa journée à suivre Minuit partout dans la maison. Le chat, ravi de cette attention constante, alternait entre demander des caresses et jouer avec des objets oubliés ici et là. Il se promenait d'une pièce à l'autre, et Chloé, fidèle à sa mission, ne le lâchait pas d'une semelle, son carnet toujours à portée de main.

En fin d'après-midi, Minuit, après avoir longuement exploré le salon, se dirigea tranquillement vers la chambre de Lucas. Chloé fronça les sourcils, bien décidée à ne pas perdre sa trace.

— Zut ! pesta-t-elle à voix basse lorsque le chat se glissa à l'intérieur.

Elle poussa doucement la porte, juste assez pour passer sa tête. Lucas, assis en tailleur sur son lit, manette en main, jouait à sa console. Il se tourna vers elle avec une grimace agacée.

— Tu pourrais frapper ! grogna-t-il.

— Je… Je surveille Minuit, se justifia Chloé, mal à l'aise.

— Quoi ? fit Lucas, interloqué.

— Je veux prouver qu'il ne dort jamais, déclara-t-elle, retrouvant sa détermination.

— C'est n'importe quoi, crevette ! ricana Lucas.

— Arrête de m'appeler comme ça ! s'énerva la fillette, le rouge aux joues. Et ce n'est pas n'importe quoi. Tu l'as vu dormir, toi ?

— Ben oui, sur mon lit, répondit-il, mais son ton manquait d'assurance.

Chloé croisa les bras, plissant les yeux avec suspicion.

— Tu l'as vraiment vu dormir ? demanda-t-elle avec insistance.

— Oui… Non… J'sais pas. Je m'endors avec lui, après je suppose qu'il en fait autant.

Chloé pointa un doigt accusateur dans sa direction.

— Donc, tu n'en sais rien ! lança-t-elle, triomphante.

Lucas leva les yeux au plafond, exaspéré.

— Si tu le dis… En tout cas, j'suis occupé. Je peux le surveiller si tu veux, mais…

— Quand tu joues, tu ne vois rien, rétorqua Chloé. Est-ce que je peux rester ? Je te jure que je ne ferai pas de bruit.

Elle s'attendait à un refus catégorique. Après tout, Lucas avait pour habitude de repousser tout ce qui ressemblait de près ou de loin à une intrusion dans son espace. Mais, à sa grande surprise, il haussa simplement les épaules.

— Si tu veux, mais t'as pas intérêt à me déranger ! D'accord ?

— Promis ! s'empressa-t-elle de répondre, un large sourire éclairant son visage.

Chloé s'assit dans un coin de la pièce, son carnet sur les genoux, et fixa Minuit installé sur le lit, près de Lucas. Le chat se roula sur le dos, les pattes en l'air, demandant une caresse. *Tu ne m'échapperas pas, Minuit*, pensa-t-elle avec une détermination farouche, *alors ce n'est pas la peine de te moquer de moi.*

Le soir venu, Minuit n'avait toujours pas dormi. Il se posa sur le rebord de fenêtre pendant le repas, puis il accompagna Chloé dans sa chambre. La petite fille ne cessa de l'observer, jusqu'à ce qu'elle sombre dans un sommeil agité. Elle se réveilla en pleine nuit, le cœur battant. Minuit était allongé au pied de son fauteuil et la fixait de ses yeux grands ouverts. Il ne dormait pas.

Chloé continua de noter méticuleusement les faits sur Minuit. Elle se réveillait la nuit, descendait parfois dans le salon quand il n'était pas dans sa chambre. La journée, il se promenait silencieusement d'une pièce à l'autre. Il suivait Élodie, épiait Vincent dans son bureau lorsqu'il télétravaillait, ou se couchait sur le lit de Lucas. Quelques fois, il s'installait sur le canapé et se posait près de la petite fille tandis qu'elle lisait ou dessinait. Une seule chose demeurait constante : il ne dormait pas. Sur son carnet, les pages se remplissaient d'observations. Les horaires s'enchaînaient, précis et détaillés, couvrant toutes les heures de la journée et de la nuit.

Un soir, après avoir ajouté une dernière note, Chloé referma son calepin avec un sourire satisfait.

— Je le savais ! murmura-t-elle avec un air victorieux.

Minuit bondit sur la table basse, s'assit sur le carnet et la fixa avec ses grands yeux dorés. Il miaula doucement, comme pour attirer son attention. Chloé passa sa main sur le flanc soyeux de l'animal.

— J'ai la preuve, Minuit ! Tu ne dors pas.

Le chat répondit par un ronronnement, indifférent à la gravité de son affirmation. Elle posa un bisou sur son front, puis se redressa.

— Maintenant, il faut convaincre maman, souffla-t-elle, déterminée. Mais tu n'as pas l'intention de m'aider, pas vrai ?

Minuit s'allongea sur le carnet, dissimulant les preuves sous son corps.

— Tu es une canaille, soupira Chloé, amusée malgré elle.

La fillette attendit patiemment que la famille vaque à ses occupations pour s'approcher de sa mère. Cette dernière s'était assise sur le canapé et faisait défiler les réseaux sociaux sur son téléphone, sans s'intéresser particulièrement à ce qu'elle voyait.

— Maman ? l'appela doucement Chloé.

— Oui, ma chérie ? répondit Élodie distraitement.

— J'ai la preuve que Minuit ne dort jamais, lança Chloé, les yeux brillants d'enthousiasme.

Élodie haussa un sourcil, surprise, puis posa son smartphone sur la table basse avec un sourire indulgent.

— Vraiment ? demanda-t-elle, amusée.

— Oui, regarde ! répliqua Chloé en tendant son carnet avec fierté.

Intriguée, Élodie prit le calepin et le feuilleta rapidement. Les pages étaient remplies de notes, écrites avec soin, parfois accompagnées de petits dessins de Minuit. Chaque jour comportait des dizaines d'entrées, incluant des observations nocturnes. Elle fronça les sourcils, un peu fâchée que sa fille ait sacrifié son sommeil pour une lubie.

— Chloé… Tu t'es réveillée en pleine nuit pour ça ? demanda Élodie d'un ton plein de reproches.

— Oui, maman, mais regarde ! Il est toujours éveillé, insista Chloé. Le matin, quand je me lève tôt, il est là. La nuit, même à trois heures, il ne dort pas. J'ai tout noté ici !

Élodie ouvrit la bouche pour réprimander sa fille, mais elle n'eut pas le cœur de doucher son enthousiasme.

— Chloé…, commença-t-elle avec précaution pour ne pas la blesser. Minuit est un chat. Peut-être qu'il fait des petites siestes légères ou qu'il se réveille quand il sent ta présence. Les chats ne dorment pas toujours profondément, tu sais.

— Non, maman, il ne dort jamais ! répliqua Chloé avec véhémence. Julie a un chat, il dort tout le temps. Rien à voir avec Minuit

Le ton catégorique de sa fille fit hésiter Élodie. Elle tenta de trouver les mots justes pour ne pas briser son enthousiasme, mais elle ne pouvait s'empêcher de songer au comportement inhabituel de Minuit. Même, elle devait admettre qu'il avait quelque chose de différent. Elle fronça légèrement les sourcils, troublée par ses propres réflexions.

— D'accord, ma chérie, finit-elle par dire. Je vais l'observer moi aussi. Si tu es si sûre, je vais voir par moi-même. Qu'est-ce que tu en penses ?

Le visage de Chloé s'illumina.

— Tu verras, maman ! Tu verras que j'ai raison !

Élodie hocha la tête, un léger sourire sur les lèvres, sans pouvoir chasser un étrange sentiment. Et si sa fille disait vrai ?

Minuit, couché sur un pouf non loin, les observait attentivement, ses grands yeux dorés brillant d'une lueur indéchiffrable. Il semblait presque comprendre que leur conversation le concernait. Élodie sentit un frisson la parcourir, mais elle repoussa cette idée. Ce n'était qu'un chat. Un chat… spécial, peut-être, mais un chat tout de même.

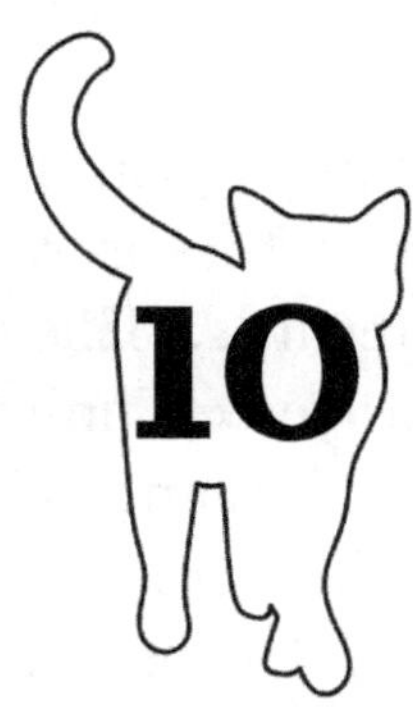

Fidèle à sa parole, Élodie commença à observer Minuit avec plus d'attention. Les jours passaient, et malgré son scepticisme, elle ne put ignorer certains éléments troublants. Le chat était souvent éveillé… En fait, elle ne l'avait pas vu dormir ni même somnoler. Son esprit rationnel lui soufflait que ce n'était qu'une question de moments manqués, qu'elle ne pouvait pas être derrière lui en permanence. Cependant, elle ne pouvait nier cette impression grandissante d'anormalité.

Un soir, après avoir fini de ranger la cuisine et de s'occuper des dernières tâches de la journée, Élodie s'installa sur le canapé avec un livre pour se détendre. Minuit était là, étendu sur le tapis près de la cheminée. Les flammes dansaient, projetant des ombres mouvantes sur les murs. Élodie jeta un regard furtif vers Minuit. Ses grands yeux dorés fixaient le feu, hypnotisés, mais toujours alertes. Elle fronça les sourcils. Même dans ses moments de repos, il paraissait ne jamais céder au sommeil.

Minuit sembla deviner son attention, car il tourna doucement la tête vers elle. Ses pupilles brillèrent un instant dans la lumière vacillante, et il poussa un petit miaulement à peine audible. Élodie eut un léger tressaillement.

— Es-tu un chat… magique, Minuit ? murmura-t-elle, presque malgré elle.

Une étincelle étrange scintilla dans son regard pénétrant. Élodie sentit un frisson remonter le long de sa colonne vertébrale. Ce regard… Elle n'avait jamais vu une telle intelligence dans les yeux d'un animal. Ce n'était pas seulement de la curiosité féline, c'était autre chose… Comme s'il la comprenait. Comme s'il veillait.

Elle referma son livre d'un geste brusque et sursauta. Le titre inscrit sur la couverture sembla la narguer : *Docteur Sleep* de Stephen King. Elle se remémora une des intrigues du roman, de ce chat capable de pressentir la mort, et elle frissonna.

— N'importe quoi…, murmura-t-elle pour se rassurer.

Élodie se leva et s'agenouilla à côté de Minuit. Elle glissa une main hésitante sur son pelage, le caressant du bout des doigts.

— Chloé est persuadée que tu ne dors jamais et que… que tu influences nos vies. Est-ce que… Est-ce que c'est vrai ?

Bien sûr, Minuit ne répondit pas. Il se contenta de la fixer avec son regard doré, tout en émettant un ronronnement profond, une vibration apaisante qui semblait pourtant porter un étrange écho. Élodie lui offrit une dernière caresse, puis se redressa.

— J'ai vraiment une imagination trop fertile…, murmura-t-elle, agacée contre elle-même.

Elle secoua la tête en retournant vers le canapé. *C'est juste un chat, rien de plus*, se répéta-t-elle en silence. *J'essaie d'inventer un mystère où il n'y en a pas.* Mais, au fond d'elle, un doute persistait, minuscule, mais insidieux.

Les jours suivants, Élodie continua d'observer Minuit, mais ses efforts pour trouver une preuve tangible restèrent vains. Chaque fois qu'elle se disait que Minuit allait finir par s'endormir profondément, il demeurait immobile, les yeux ouverts, comme si le sommeil ne l'intéressait pas.

Le dernier soir des vacances, la maison baignait dans une ambiance tranquille après une journée fatigante passée sur la plage. Élodie entra dans le salon et s'arrêta net en voyant Lucas assis sur le canapé, le téléphone à la main. À côté de lui, Minuit était étendu, parfaitement détendu.

Élodie leva un sourcil, légèrement surprise. Lucas restait rarement dans les espaces communs, préférant l'isolement de sa chambre. De plus, il n'avait jamais semblé particulièrement attaché à Minuit.

— Tout va bien, Lucas ? demanda-t-elle doucement, en s'approchant du divan.

Le garçon haussa les épaules, sans cesser de regarder son téléphone.

— Ouais, je suppose, répondit-il d'un ton neutre.

Élodie s'assit à côté de lui, savourant ce moment précieux avec son fils.

— Minuit te tient compagnie, fit-elle avec un sourire.

Lucas posa une main sur le dos du chat, caressant distraitement son pelage soyeux.

— C'est bizarre, avoua-t-il après un long silence. C'est comme s'il savait quand… j'ai besoin de quelqu'un.

Élodie sentit son sourire vaciller, inquiète de cette confession inattendue. Lucas n'était pas du genre à parler de ce qu'il ressentait et cette simple phrase était pleine de sous-entendus. Avant qu'elle n'ait eu le temps de poser une question, Lucas ajouta :

— Parfois, j'ai l'impression qu'il ne dort jamais. Il est toujours là, dès que j'en ai besoin, à n'importe quelle heure… Quand on y réfléchit, c'est flippant.

Un frisson la parcourut, tandis que ses pensées tourbillonnaient dans tous les sens. Cela faisait des jours qu'elle s'efforçait de trouver une explication rationnelle au comportement étrange de Minuit. Elle s'était persuadée qu'elle avait été influencée par Chloé et voilà que Lucas partageait les mêmes observations.

Le chat leva son regard doré vers elle, puis vers Lucas. Elle sentit une boule se former dans sa gorge, tandis que le sens réel de ce que venait de dire son fils la frappa.

— Quelque chose ne va pas, Lucas ? demanda-t-elle doucement, essayant de ne pas laisser transparaître son inquiétude.

Le garçon hésita, puis haussa les épaules avec une nonchalance forcée.

— Rien… Je n'ai juste pas trop envie d'aller à l'école demain.

Élodie posa une main sur son genou, pour capter son regard.

— Lucas, je sais bien, mais les vacances ne peuvent pas durer éternellement.

— Je sais, soupira-t-il, visiblement agacé.

Minuit, toujours immobile, fixait Élodie avec une intensité déstabilisante.

— Il y a quelque chose que tu ne me dis pas ? Tu sais que tu peux tout me raconter, Lucas.

— Rien d'important, maman, répliqua-t-il après un moment, évitant son regard.

Puis, d'un ton résigné, il ajouta :

— J'vais m'coucher.

Sa voix, plate et fatiguée, ressemblait à celle d'un soldat envoyé sur une mission qu'il sait perdue d'avance.

— Bonne nuit, Lucas, fit-elle tristement.

Elle connaissait assez son fils pour savoir que le pousser davantage ne servirait qu'à le plonger dans le mutisme.

— Ouais, toi aussi, maman. Et… lève le pied, hein ? T'as l'air épuisée, lança-t-il soudain avec une pointe de sollicitude qui la surprit.

Élodie sourit doucement, émue par cette attention inattendue.

— Ne t'en fais pas, Lucas. Je vais bien.

— Si tu le dis…, déclara-t-il avant de quitter la pièce de son allure nonchalante.

Minuit jeta un coup d'œil fâché à Élodie, puis sauta sur le sol pour suivre Lucas. Elle resta immobile, son regard fixé sur la porte par laquelle ils venaient de disparaître.

— Je perds la tête…, murmura-t-elle, passant une main sur son visage. J'attribue des pensées humaines à un chat.

Elle se laissa retomber contre le dossier du canapé, contemplant le feu qui dansait dans l'âtre, incapable de chasser ses doutes. Tout cela n'était pas une simple lubie et l'étrangeté de Minuit n'était pas qu'une coïncidence ou une invention de son imagination.

Les vacances scolaires étaient terminées, et la maison était en pleine effervescence. Élodie courait dans tous les sens, s'efforçant de gérer les mille tâches qui se multipliaient ce matin-là. Les enfants devaient repartir à l'école, et elle-même était attendue à une réunion importante qui la stressait depuis des semaines.

— Vincent ! Tu es prêt ? Chloé va être en retard ! lança-t-elle en cherchant ses clés.

— Ne t'inquiète pas, on est en route, répondit-il depuis l'entrée.

— À ce soir, maman ! À ce soir, Minuit ! cria joyeusement Chloé avant que la porte ne claque derrière eux.

Élodie vérifia l'heure sur son téléphone. Elle n'était pas encore en retard, mais le temps jouait contre elle. Elle termina son café en hâte, versa des croquettes dans la gamelle de Minuit, puis posa son sac près de la sortie. Juste avant de partir, elle revint sur ses pas pour attraper ses clés.

C'est alors que Minuit surgit, silencieux comme une ombre, et se faufila entre ses jambes. Élodie perdit l'équilibre et faillit tomber.

— Minuit ! Tu es toujours dans mes pattes au mauvais moment ! s'exclama-t-elle, agacée.

Le chat, au lieu de s'éloigner, s'assit tranquillement devant la porte, son regard doré fixé sur elle avec une intensité troublante.

— Très bien, soupira-t-elle en se penchant pour lui donner une rapide caresse. Les vacances sont finies, mon beau. Je dois retourner travailler, mais je rentre ce soir.

Elle tenta de l'écarter, mais Minuit s'aplatit sur le sol, se collant au seuil comme une barrière vivante.

— Mais qu'est-ce qui te prend ? s'étonna-t-elle, un soupçon de nervosité dans la voix.

Elle le souleva avec précaution pour le déplacer derrière elle, mais à peine avait-elle fait un pas qu'il bondit de nouveau, retrouvant sa place devant la porte. Cette fois, il s'accrocha au paillasson, toutes griffes dehors. Frustrée, Élodie sentit son irritation monter.

— Ça suffit, Minuit ! Je vais être en retard !

Elle attrapa le chat, tirant avec lui le paillasson qui retomba sur son sac. Elle grogna un juron, puis referma la porte de la cuisine après y avoir enfermé l'animal. Elle revint dans l'entrée, récupéra ses affaires et sortit en hâte.

Elle s'arrêta net, la clé de la maison entre les doigts, incrédule. Minuit était assis sur le capot de sa voiture.

— Mais enfin ! Comment…

Élodie cligna des yeux, stupéfaite. Il avait dû s'échapper par la chatière installée récemment par Vincent. Elle secoua la tête, battue par l'obstination du chat.

— D'accord, d'accord, tu as gagné. Je vais patienter une minute.

Elle s'assit sur le muret devant la maison, les clés toujours en main, et observa Minuit. Il attendit, immobile, le regard fixé au loin, comme s'il s'assurait que tout danger était écarté. Puis, au bout de quelques instants, il sauta du capot avec grâce, vint se frotter brièvement contre ses jambes avant de s'éloigner avec nonchalance, sa mission apparemment accomplie. Intriguée, Élodie le suivit des yeux jusqu'à ce qu'il disparaisse dans le jardin. Une partie d'elle voulait comprendre ce comportement, mais l'urgence de la journée reprit le dessus.

— Je perds la tête, murmura-t-elle en montant dans sa voiture.

Elle démarra rapidement, ses pensées oscillant entre le stress de sa réunion et l'étrangeté persistante du chat.

Le trajet vers l'entreprise où travaillait Élodie commença comme tous les matins. Pourtant, une boule d'anxiété pesait sur son estomac. Elle gardait un œil nerveux sur l'horloge de bord. *Je vais être en retard, et tout ça à cause d'un chat…*, songea-t-elle avec un mélange d'agacement et d'ironie. Un rire fébrile lui échappa. *Je ne sais même pas quelle excuse je vais donner. Pourquoi pas : désolée, mon chat ne voulait pas que je parte…*

Elle secoua la tête, tentant de se concentrer sur la route, accélérant imperceptiblement. Alors qu'elle approchait d'une intersection qu'elle traversait tous les jours, une file de voitures à l'arrêt l'obligea à ralentir. Plus loin, elle aperçut des gyrophares rouges et bleus qui scintillaient dans la lumière grise du matin.

Elle fronça les sourcils, inquiète malgré elle. Un accident, comprit-elle. Mais à cet endroit ? Cela n'arrivait jamais. Le bouchon se résorba lentement et, en se rapprochant, la scène devint plus claire : des camions de pompiers, des voitures de police, des ambulances. Le cœur d'Élodie s'emballa, un mauvais pressentiment lui comprimant la poitrine. Elle ouvrit légèrement sa fenêtre pour capter les bribes de conversations.

— Un choc frontal…

— … deux voitures écrasées…

— Une Mercedes dans l'arbre…

Les phrases s'entremêlaient dans un brouillard sonore. En avançant davantage, elle aperçut les débris éparpillés sur la chaussée. Une Mercedes semblait s'être enroulée autour d'un platane, la tôle froissée au-delà de toute reconnaissance. Les secours découpaient la carcasse pour extraire un conducteur grièvement blessé.

Élodie sentit ses mains trembler sur le volant. Elle imagina avec horreur sa propre voiture heurter cet arbre. Le scénario était clair dans son esprit : sans Minuit, elle aurait pu se trouver dans l'une de ces épaves.

Un frisson glacé lui parcourut l'échine. Des larmes embuant ses yeux, le cœur battant, elle roula encore un peu, cherchant un endroit où s'arrêter. Elle se gara sur une place de livraison, coupa le moteur et resta assise, le regard rivé sur son rétroviseur. Les lumières clignotantes des gyrophares dansaient dans le petit miroir, hypnotique. Elle déglutit, sous le choc.

— Minuit…, murmura-t-elle.

Une vague d'émotions contradictoires l'envahit : gratitude, peur, incrédulité. Était-ce vraiment possible que son chat l'ait retenue pour éviter cet accident ? Une partie d'elle rejetait cette idée absurde, mais elle ne pouvait pas ignorer les faits.

Elle inspira profondément, tentant de chasser cette théorie trop surnaturelle à son goût. En vain. Minuit avait provoqué ce contretemps, elle en était certaine. Et sans lui, elle se serait retrouvée prise dans cet accident. Elle savait que c'était fou, que ce n'était qu'une coïncidence, qu'elle n'aurait pas été nécessairement impliquée dans ce carambolage, mais… mais elle était persuadée que Minuit lui avait sauvé la vie.

Elle secoua la tête et, après plusieurs respirations profondes, elle redémarra. La réunion importante qu'elle redoutait l'attendait toujours.

Arrivée au travail, elle mentionna brièvement l'accident pour justifier son retard, mais se garda bien de parler de Minuit. Qui pourrait la croire sans penser qu'elle avait perdu l'esprit ?

Durant la réunion, Élodie fonctionna en pilote automatique, récitant les points de son projet sans même réfléchir. Elle était encore hantée par ce qui s'était passé. Lorsque son chef la félicita pour la clarté de sa présentation et annonça que son projet était accepté, elle en fut presque surprise.

Le reste de la journée, son esprit ne cessa de tourner autour de Minuit. Ce chat l'avait retenue. Pas par hasard. Pas par un caprice. C'était une action délibérée, calculée. Cela défiait toute logique, mais les faits étaient là.

Sur le chemin du retour, ce soir-là, Élodie se sentait apaisée, malgré la fatigue mentale. *Chloé a raison*, pensa-t-elle. *Minuit est différent*.

Mais à qui pouvait-elle parler de tout cela ? Comment mettre des mots sur l'étrangeté de ce qu'elle vivait ? Elle avait besoin de le partager avec quelqu'un, de comprendre. Et, peut-être, de découvrir ce que Minuit était réellement.

En rentrant chez elle, Élodie trouva Minuit confortablement installé sur son fauteuil préféré, comme s'il n'avait pas quitté cet endroit de la journée. Elle posa ses affaires, s'agenouilla à côté de lui et plongea ses yeux dans son regard doré.

— Merci, Minuit, murmura-t-elle en caressant doucement son crâne. Je ne sais pas comment tu as fait ça, mais… merci.

Le félin se contenta de pousser sa main avec sa tête tout en ronronnant.

— Coucou, maman ! lança Chloé, surgissant joyeusement dans la cuisine. Je suis rentrée avec papa. Il est dans son bureau, comme d'habitude.

Un soupçon de déception perçait dans sa voix. Élodie se redressa, essuya ses mains sur son jean et se tourna vers sa fille.

— Il a quitté son boulot plus tôt pour m'aider, expliqua-t-elle. Il a beaucoup de travail, tu sais.

— Je sais… Ta réunion s'est bien passée ? demanda Chloé, ses yeux brillants d'intérêt.

— Oui, ma chérie. Ils ont approuvé mon projet, répondit-elle avec un sourire qui se voulait rassurant.

Elle n'avait pu maîtriser un léger vibrato dans sa voix. Chloé fronça les sourcils.

— Quelque chose ne va pas, maman ? Tu es… bizarre, observa la petite fille.

Élodie hésita, puis, après une profonde inspiration, elle se décida.

— Eh bien… Chloé, je crois que… tu as raison à propos de Minuit.

Les yeux de la fillette s'agrandirent de surprise.

— Oh, vraiment ? Qu'est-ce qui s'est passé ?

Élodie prit un verre d'eau et but lentement, cherchant les mots pour expliquer ce qu'elle ressentait sans effrayer sa fille.

— C'est vrai, je ne l'ai jamais vu dormir, avoua-t-elle. Et… Il agit sur nos vies. On dirait qu'il sait ce dont nous avons besoin.

— Je te l'avais dit ! s'exclama Chloé avec un grand sourire. Minuit est spécial !

Élodie déposa un baiser sur le front de sa fille.

— Oui, je crois que tu as raison. Je ne peux pas l'expliquer, mais il est évident que Minuit a quelque chose de plus…

— Qu'est-ce qu'il a de plus, ce chat ? Des puces ? lança Vincent depuis l'encadrement de la porte.

Élodie sursauta, surprise par son arrivée silencieuse. Elle se retourna vers lui, hésitante. Il ne serait pas simple de poser des mots sur son ressenti.

— Il…, commença-t-elle en se mordillant la lèvre.

— Il est spécial, papa ! s'anima Chloé. Il ne dort jamais et…

— Arrête de dire n'importe quoi ! s'énerva Vincent, interrompant sa fille. Tu sais très bien qu'il dort, ce chat.

Et toi, Élodie, ne l'encourage pas dans ces rêveries. Elle est trop grande pour ça.

Les yeux de Chloé s'emplirent de larmes. Élodie posa une main douce sur son épaule.

— Va dans ta chambre, ma chérie, murmura-t-elle. Je vais parler avec papa.

La fillette ouvrit la bouche pour protester, mais elle se ravisa. Elle hocha la tête et s'enfuit. Ses pas résonnèrent dans l'escalier. Minuit miaula bruyamment avant de s'élancer à sa poursuite, filant entre les jambes de Vincent.

— Bon, tu m'expliques ce qui se passe ? grogna ce dernier.

Élodie prit une grande inspiration avant de se lancer.

— Chloé est persuadée que Minuit ne dort pas.

Elle leva la main pour empêcher son mari de l'interrompre.

— Je sais, ça paraît absurde. Moi aussi, j'ai pensé que c'était juste son imagination. Mais… J'ai commencé à l'observer, et… Je ne dis pas qu'il ne dort jamais, mais je ne l'ai jamais vu dormir.

— Tu ne le regardes pas vingt-quatre heures sur vingt-quatre, répliqua Vincent en croisant les bras.

— C'est vrai, admit-elle. Mais il y a autre chose. Lucas m'a dit que Minuit est toujours là quand il se sent mal. Quand je perds mes clés, Minuit les retrouve. J'oublie mon sac, Minuit miaule pour me le rappeler…

— Ne dis pas n'importe quoi ! Ce ne sont que des coïncidences. Tes clés ? Il sait où elles sont parce que c'est sans doute lui qui a joué avec.

— Ce matin, il m'a sauvé la vie ! avoua Élodie tout d'un bloc.

Son mari se figea, les sourcils froncés.

— Quoi ?

— Minuit m'a empêchée de partir. Il a tout fait pour me retenir : il s'est couché devant la porte, il s'est allongé sur le capot de ma voiture. Il m'a bien fait perdre cinq minutes, voire dix. En allant au boulot, je suis tombé sur un bouchon… Un accident venait d'avoir lieu.

Sa voix se brisa un instant.

— Et s'il ne l'avait pas fait, je serais arrivée à l'intersection au moment de l'accident.

Vincent secoua la tête, incrédule.

— Tu entends ce que tu dis ? Ce n'est qu'un chat, Élodie. Rien de plus. Ce n'est qu'une putain de coïncidence.

— Cette coïncidence m'a sauvé la vie ! insista Élodie.

— Tu n'en sais rien. Comment tu peux dire une chose pareille ? Ce n'est qu'un chat ! Et comme tous les chats, il est malin, mais il n'a pas de… pouvoirs mystiques.

Élodie soupira. Vincent avait toujours été cartésien. Il ne lisait pas de romans, détestait les films fantastiques, se moquait de toutes les théories sortant de l'ordinaire.

— Je sais, mais admets qu'il est bizarre, tout de même.

— C'est juste un foutu chat, pas une sorte d'ange gardien à la con ! Et comme toutes ces bestioles, il est chiant ! Et c'est tout !

— Peut-être, mais je sais ce que j'ai vu, répliqua-t-elle calmement.

Vincent, exaspéré, haussa les épaules.

— Arrête d'entretenir les idées ridicules de Chloé. Tu vas lui bourrer le crâne avec des bêtises.

— Je ne veux pas brider son imagination. C'est un don précieux.

— Elle n'a pas besoin de ça pour réussir dans la vie.

Élodie resta silencieuse, consciente que cette discussion ne mènerait à rien.

— Qu'est-ce qu'on mange ce soir ? finit-il par demander, signifiant qu'il en avait assez.

— Un velouté de potimarron, répondit Élodie en se détournant.

Vincent quitta la pièce sans un mot de plus. Élodie, quant à elle, demeura un moment immobile, le regard perdu. *Il est plus qu'un simple chat. Je le sais. Mais comment le lui faire comprendre ?*

Assise sur la dernière marche de l'escalier, Chloé n'avait rien raté de l'échange houleux entre ses parents. Minuit était couché à côté d'elle, ses grands yeux dorés semblant capter chaque nuance des émotions qui flottaient dans l'air. Chloé serra ses genoux contre sa poitrine, inquiète d'être à l'origine de cette querelle.

Lorsque la dispute se calma, elle poussa un soupir de soulagement. Elle se tourna vers Minuit et descendit une marche pour s'agenouiller face à lui.

— As-tu sauvé maman ? demanda-t-elle d'une voix douce et sérieuse.

Le chat ne répondit pas, bien sûr. Il se contenta de ronronner et le son profond occupa tout l'espace, enveloppant la petite fille tel un cocon réconfortant.

— Oui, j'en suis sûre… Tu veilles sur nous. Oh, Minuit ! Je t'aime tellement !

Dans un élan de gratitude, elle entoura l'animal de ses bras et couvrit sa tête et son dos de petits baisers. Minuit se raidit légèrement, comme à son habitude lorsqu'on dépassait la dose de câlins qu'il tolérait, mais il ne se débattit pas. Il attendit patiemment qu'elle le relâche, puis se leva avec élégance et s'éloigna de quelques mètres. S'arrêtant sur un tapis, il s'assit et entreprit de se lécher avec application, comme pour retrouver une dignité mise à mal par tant d'affection.

Chloé rit doucement.

— Tu n'es pas obligé de te nettoyer après mes bisous, tu sais, lança-t-elle avec un sourire espiègle.

Le chat ignora sa remarque, concentré sur son rituel de toilette.

Le cœur un peu plus léger, Chloé se releva. Elle jeta un dernier regard vers Minuit, qui semblait à nouveau plongé dans un calme mystérieux, puis rejoignit sa chambre.

Allongée sur son lit, elle tapota le petit carnet posé sur sa table de chevet. *Je vais continuer à noter tout ce que fait Minuit*, se dit-elle. *Un jour, même papa comprendra.*

Les jours qui suivirent furent calmes, presque trop. Certes, Minuit continuait de se comporter avec cette étrange aura de mystère qui le caractérisait. Certes, personne ne le surprit à dormir, mais cela ne suffit pas à convaincre Vincent. Chloé restait persuadée de la singularité de son chat. Elle était rayonnante, plus joyeuse et enthousiaste. Elle ne se lassait pas de raconter à Minuit ses journées, comme s'il était son confident. Elle le suivait parfois dans la maison, prête à noter la moindre de ses actions dans son carnet.

Vincent et Élodie, de leur côté, semblaient éviter le sujet. Vincent, toujours incrédule, avait mis fin à la discussion d'un ton ferme, tandis qu'Élodie préférait ne pas insister pour ne pas envenimer les choses.

Lucas était égal à lui-même, du moins en apparence. Il passait son temps libre dans sa chambre, à jouer ou à faire ses devoirs. À table, il se forçait à sourire, lançait quelques blagues et répondait poliment lorsque ses parents lui parlaient. Sa façade paraissait convaincante, surtout pour Chloé, qui admirait son grand frère et se réjouissait de ses attentions occasionnelles. Pourtant, dès qu'il se retrouvait seul, Lucas laissait tomber le masque.

Le fardeau qui pesait sur ses épaules se faisait plus lourd. Il restait assis dans le noir, les yeux rivés à ses jeux, espérant y noyer le malaise qui l'habitait. Son sommeil devenait de plus en plus rare, troublé par des pensées sombres et des cauchemars qu'il n'osait pas partager.

Chaque nuit, Minuit le rejoignait, silencieux comme une ombre. Lucas le laissait grimper sur son lit sans rien dire. L'animal s'installait près de lui, collé contre son flanc ou niché à ses pieds, son ronronnement vibrant dans la pièce. Et c'est uniquement dans ces moments-là que Lucas parvenait à trouver un semblant de repos.

Lucas rentra de l'école plus tôt que prévu. Il referma doucement la porte de la maison. L'absence de bruits familiers lui confirma qu'il était seul. Le silence était lourd, presque palpable, comme un écho de sa propre solitude.

Le harcèlement avait redoublé d'intensité depuis la fin des dernières vacances. Chaque jour, il endurait insultes, moqueries, bousculades. Il avait tout essayé pour se rendre invisible, mais ses efforts ne faisaient qu'attiser les persécutions. Les couloirs étaient devenus un champ de bataille, les toilettes s'étaient transformées en traquenard, et la rue devant le collège, un lieu dangereux. Les regards de ses camarades étaient des poignards qui entaillaient sa chair. Même les salles de classe n'étaient plus des sanctuaires. Il avait parfois l'impression que les professeurs participaient à son calvaire. Il subissait l'école comme une torture interminable et, chaque nuit, il luttait pour retenir les larmes qui menaçaient de tout emporter. Il n'en pouvait plus.

Il se traîna jusqu'à sa chambre et referma la porte derrière lui. Une fois à l'abri dans son refuge, il laissa échapper son souffle. Il abandonna son sac sur le sol et s'assit sur son lit. Le regard vide, il contemplait le mur sans vraiment le voir. Il inspira une longue goulée d'air pour se donner le courage de prendre une décision.

— Je ne peux plus continuer, chuchota-t-il.

Sa résolution, née de semaines de souffrance, était à la fois terrifiante et apaisante. La blessure était trop grande, trop profonde. Il n'existait pas d'autre solution.

Lucas se leva et marcha vers sa commode. Ses gestes étaient mécaniques, comme s'il agissait sous l'emprise d'un esprit étranger. Il ouvrit le dernier tiroir et fouilla sous ses shorts d'été. Il découvrit une cordelette soigneusement dissimulée. Il la saisit d'une main tremblante. Son cœur battait à tout rompre, mais il n'hésita pas. Il la jeta sur son lit avant de s'installer devant son ordinateur.

L'écran le fixait comme un miroir. Lucas ouvrit un nouveau document et, après une longue inspiration, posa ses doigts sur le clavier.

« Je suis désolé, je n'en peux plus. J'ai essayé de tenir, mais je n'y arrive plus… »

Les mots s'échappaient avec une fluidité qu'il ne comprenait pas lui-même. Chaque phrase frappait comme un coup de marteau la réalité de ce qu'il avait enduré et de ce qu'il allait faire. Lucas se sentait étrangement calme en les rédigeant. Les larmes qu'il retenait depuis si longtemps dévalaient maintenant librement sur ses joues. Sa décision était prise, son esprit était clair et ses tourments s'effaçaient. Tout serait bientôt fini. Pourtant, tout au fond de lui, une petite voix luttait encore, une ultime étincelle d'espoir qu'il tentait d'étouffer.

Un bruit léger attira son attention.

Il se retourna. Minuit était assis dans l'encadrement de la porte, ses grands yeux dorés rivés sur lui. Le chat pénétra dans la pièce, ses mouvements fluides et silencieux. Lucas, surpris, essuya ses larmes d'un geste brusque.

— Qu'est-ce que tu fais là ? souffla-t-il d'une voix rauque.

Minuit trottina vers lui et sauta sur le bureau. Il atterrit sur le clavier, effaçant accidentellement plusieurs lignes du texte que le garçon venait d'écrire. La frustration de devoir tout recommencer fit exploser sa colère.

— Minuit ! Tu me gênes !

Le chat ne bougea pas. Son regard, profond et pénétrant, semblait sonder l'âme de Lucas qui se sentit étrangement vulnérable.

— Tu ne comprends pas…, murmura-t-il.

Sa voix se brisa.

— Va-t'en, s'il te plaît, souffla-t-il.

Il ne voulait pas que le chat soit là quand… Minuit, sans le quitter des yeux, appuya sur des touches au hasard. Ses pattes inscrivirent des séries de « dfer » et de « njbh » à l'écran.

— Minuit ! s'exclama Lucas, furieux et désemparé.

L'adolescent poussa le chat, mais Minuit, d'habitude si doux et si docile, cracha d'un air obstiné. Lucas sursauta. Il se leva d'un bond en hurlant :

— Minuit, dégage !

Le félin le fixa de ses grands yeux couleur d'ambre, et dans un mouvement qui ne pouvait être que délibéré, il s'allongea sur le clavier qui se mit à biper. Dans un accès de colère, le garçon attrapa le chat et le jeta sur le lit.

— Dégage ! scanda-t-il les dents serrées en détachant chaque syllabe.

Lucas reprit l'écriture nerveuse de sa missive. Il n'eut pas le temps de terminer. Minuit bondit à nouveau sur le bureau, écrasant le clavier de son corps massif. Le texte à l'écran s'effaça. Lucas tenta de chasser l'animal, sans y parvenir. Minuit s'obstinait. La lettre et la volonté du garçon se désintégraient sous les pattes du chat.

Lucas grinça des dents, furieux et à bout de nerfs. Il envisagea, un bref instant, de jeter Minuit par la fenêtre. Celui-ci tourna son regard intense vers lui tout en amplifiant son ronron entêtant.

— Tu… Tu n'as pas le droit…, sanglota l'adolescent.

Frustré, il s'effondra dans sa chaise, repoussant le fauteuil à roulettes d'un coup de pied rageur. Il enfouit son visage dans ses mains. Il grelottait. L'intervention de Minuit avait détruit sa volonté, laissant une terrible tristesse dans son esprit.

— Pourquoi tu fais ça ? Comment… Comment tu fais ? murmura-t-il d'une voix brisée.

Il tendit une main tremblante pour caresser la fourrure épaisse douce du félin. Minuit ronronna un peu plus fort, puis lui lécha les doigts de sa langue râpeuse et chaude. Lucas frissonna.

— Tu… Tu veux que j'arrête, c'est ça ? chuchota-t-il, incrédule.

Le garçon secoua la tête.

— Je deviens fou, marmonna-t-il.

Minuit sauta sur ses genoux et se blottit contre lui. Lucas sentit sa chaleur contre son ventre, sur ses cuisses. La vibration sourde émise par l'animal le berçait. Il entoura Minuit de ses bras et pleura. Des larmes silencieuses et douloureuses coulèrent sur ses joues, trempant le doux pelage gris.

Après de longues minutes, Lucas se leva sans lâcher Minuit. Il se coucha en boule sur le lit, le chat contre lui. Il était si épuisé qu'il finit par s'endormir.

14

En rentrant à la maison dans la soirée, Élodie fut immédiatement frappée par un détail inhabituel. Les chaussures de Lucas traînaient près de l'entrée, en vrac, comme s'il les avait retirées à la hâte. Sa doudoune, elle, pendait négligemment au porte-manteau. Rien, en apparence, ne justifiait son trouble, mais une sensation glaçante s'insinua en elle, un pressentiment sourd qu'elle ne parvint pas à chasser.

— Chloé, va prendre ton goûter, ordonna-t-elle d'une voix plus tremblante qu'elle ne l'aurait voulu.

La fillette fronça les sourcils, intriguée, mais Élodie grimpait déjà l'escalier. Le cœur battant à tout rompre, elle s'arrêta devant la chambre de Lucas. La main sur la poignée, elle hésita une fraction de seconde. Son intuition lui criait d'ouvrir. Elle inspira profondément et poussa doucement la porte.

La lumière tamisée de la pièce révéla une scène inattendue. Lucas dormait, recroquevillé en chien de fusil sur son lit. Ses bras entouraient Minuit. Le chat, blotti contre lui, leva brièvement la tête à l'ouverture de la porte. Élodie sentit une vague de soulagement la submerger et sa peur irrationnelle s'estompa. Elle déglutit et referma sans bruit, avec la certitude qu'un drame avait été évité.

En redescendant, elle s'arrêta un instant dans le couloir, appuyant son dos contre le mur. Une larme roula sur sa joue. Elle l'essuya rapidement.

— Merci, Minuit, murmura-t-elle, sans trop savoir pourquoi.

Lorsque Vincent rentra enfin à la maison, quelques heures plus tard, Élodie l'attendait dans la cuisine. Elle avait passé une bonne partie de la soirée à tourner et retourner dans son esprit ce qu'elle avait observé chez Lucas, ses silences, ses sourires forcés, et cette expression éteinte qu'elle ne parvenait pas à oublier. Elle serra machinalement sa tasse de tisane entre ses paumes, tentant de canaliser son anxiété.

Vincent entra dans la cuisine, l'air pressé, les traits tirés. Il attrapa un verre dans l'armoire, puis se servit de l'eau avec des gestes rapides et fébriles.

— Salut ! lança-t-il d'un ton distrait, sans vraiment croiser son regard.

Élodie massa sa nuque d'une main nerveuse, puis s'approcha.

— Vincent, on peut parler ? demanda-t-elle d'une voix douce, mais tendue.

Il acquiesça, mais ses yeux glissèrent presque immédiatement vers sa montre.

— Oui, bien sûr, mais…

Elle anticipa son excuse.

— Mais tu as beaucoup de boulot et une réunion demain, n'est-ce pas ?

Il releva la tête, surpris par sa précision.

— Exactement. Je dois finaliser un projet ce soir.

Elle sentit une pointe de frustration monter, mais elle s'efforça de la contenir.

— Juste quelques minutes. S'il te plaît, c'est important.

Il poussa un soupir et s'appuya contre le plan de travail, croisant les bras.

— D'accord, mais vite.

Élodie prit une grande inspiration.

— C'est à propos de Lucas.

Le prénom de leur fils fit lever les sourcils de Vincent. Il était sur le point de répondre, mais elle continua, devinant son scepticisme.

— Il ne va pas bien. Je le vois. Il est plus renfermé que d'habitude, et… je pense qu'il se passe quelque chose de grave à l'école.

Vincent se redressa légèrement, affichant une posture crispée.

— Grave ? Comme quoi ?

Elle hésita, cherchant les mots justes.

— Peut-être du harcèlement. Je ne sais pas encore, mais il y a des signes… des choses qui me rendent très inquiète.

Il frotta énergiquement son visage, visiblement agacé.

— Élodie, Lucas a toujours été discret, soupira-t-il, un brin paternaliste. Il aime être seul. C'est un ado. Tu te fais certainement des idées.

Cette réponse fit éclater la tension qu'elle avait contenue jusque-là.

— Ce n'est pas une phase, Vincent ! s'exclama-t-elle, la voix plus forte qu'elle ne l'aurait voulu. Je le sens. Ce n'est pas normal, pas comme d'habitude. J'ai peur qu'on passe à côté de quelque chose de très important.

Son ton avait fait mouche. Vincent recula d'un pas, mais son expression resta fermée.

— Et qu'est-ce que tu veux que je fasse, là, tout de suite ? demanda-t-il, sur la défensive.

— L'écouter. Lui parler. Lui montrer qu'on est là pour lui, répondit-elle en adoucissant sa voix. Il a besoin de nous. Maintenant. Pas demain, pas après ton projet. Maintenant !

Vincent détourna les yeux.

— On en reparlera demain, insista-t-il. Je dois finir ce dossier.

Il lui adressa un regard d'excuse avant de tourner les talons et de quitter la cuisine, laissant Élodie seule avec un poids écrasant sa poitrine.

— Demain…, répéta-t-elle dans un souffle, le mot résonnant comme une promesse brisée.

Élodie s'appuya contre le plan de travail, tentant d'apaiser ses pensées qui tourbillonnaient, imaginant les pires scénarios. Elle envisagea un instant d'aller parler à Lucas, mais elle connaissait bien son fils. Il se murerait dans le silence. *Demain…*, se promit-elle. Minuit apparut soudain dans l'encadrement de la porte. Il la fixa de son regard insondable, puis s'approcha lentement, comme s'il comprenait son désarroi. Elle se pencha pour lui caresser la tête.

— Toi, tu sais, n'est-ce pas ? murmura-t-elle. Veille sur lui quand je ne suis pas là, Minuit, s'il te plaît. Veille sur lui.

Elle ravala un sanglot. Le chat plissa légèrement les yeux et commença à ronronner. Élodie soupira. Il était hors de question qu'elle laisse son fils se battre seul, quoi qu'il ait à affronter.

Vincent était assis à son bureau et son dos voûté trahissait des heures de tension accumulée. La lumière blafarde de sa lampe de travail projetait des ombres inquiétantes sur les piles de documents éparpillés autour de lui. Il essayait de se concentrer, mais les paroles d'Élodie tournaient en boucle dans son esprit.

Lucas ne va pas bien. Quelque chose de grave se passe…

Il secoua la tête, agacé par cette distraction.

— Elle se fait des idées, marmonna-t-il pour lui-même. Elle a toujours été trop protectrice.

Mais au fond de lui, une petite voix s'élevait. Et si elle avait raison ?

Il chassa cette pensée en soupirant bruyamment et replongea dans ses dossiers. Le temps pressait. L'horloge murale indiquait une heure avancée de la nuit. Ses yeux le brûlaient, mais il ne pouvait pas se permettre de ralentir.

— Où ai-je rangé ce foutu schéma ? grogna-t-il, en feuilletant frénétiquement les documents.

Ce schéma était crucial pour sa présentation du lendemain, une pièce maîtresse de son projet. Il passa une main nerveuse dans ses cheveux, tout en éparpillant davantage les papiers de l'autre main.

— Bon sang !

Vincent s'agenouilla, étalant les feuilles autour de lui dans un cercle désordonné. Mais rien. Le précieux document semblait s'être évaporé. Une tension brûlante lui serra l'estomac, amplifiée par l'heure tardive et sa fatigue. Il envisagea un instant d'aller avaler un sachet de suspension antiacide.

— Pas le temps, grommela-t-il, repoussant l'idée. Où est-ce que j'ai bien pu mettre ce truc ?

Il avait presque crié de frustration. Il grimaça, espérant n'avoir réveillé personne. Un grattement léger retentit derrière lui. *Et zut !* se dit-il. Il tourna la tête et aperçut Minuit, posté dans l'encadrement de la porte.

— Pas maintenant, Minuit, marmonna Vincent d'un ton agacé.

Il fit un geste pour le chasser, mais le chat esquiva sa main d'un mouvement souple. De son allure sereine, il trottina vers le fond de la pièce, insensible à l'agitation de l'humain. Il s'assit près d'une vieille armoire en bois massif, jetant un regard vers Vincent avant de s'allonger sur le sol.

— Qu'est-ce que tu fabriques ?

Minuit gratta légèrement sous le meuble, aplati comme seuls les chats savent le faire.

— Tu vas arrêter, oui ! explosa Vincent.

Le félin ne lui prêta pas attention, affairé à explorer le dessous poussiéreux de l'armoire. Et puis, il extirpa de l'ombre une feuille froissée qu'il tira du bout des griffes. Il se redressa, une patte sur sa trouvaille. Il fixa l'humain et poussa un petit miaulement insistant. Intrigué malgré lui, Vincent s'approcha.

— Non…

Il ramassa le papier, les mains tremblantes. Le schéma. C'était bien son schéma, sali et légèrement chiffonné, mais intact.

Il se tourna vers Minuit, dont le regard semblait presque moqueur.

— Comment…

La question resta suspendue dans l'air. Minuit s'était redressé et entreprenait de lisser son pelage à grands coups de langue, parfaitement indifférent à la stupeur de Vincent. Un mélange de gratitude et de trouble envahit ce dernier.

— Je… merci, je suppose.

Sa voix sonna creux dans la pièce silencieuse. Le chat acheva sa toilette et se détourna avec une élégance délibérée, glissant hors du bureau sans un bruit. Toujours à genoux, son schéma dans une main, Vincent fixait la porte, les yeux écarquillés. *Il ne peut pas avoir compris, n'est-ce pas ?* se dit-il incrédule. Il secoua la tête, tentant de rationaliser ce qui venait de se passer. Puis, les mots d'Élodie et de Chloé lui revinrent à l'esprit.

Il est spécial.

Il fronça les sourcils, repoussant cette idée absurde. C'était un hasard. Un chat qui jouait, rien de plus. Mais cette intensité dans le regard de Minuit, ce comportement si calculé… Et si elles avaient raison ?

Il inspira profondément. *C'est complètement idiot*, songea-t-il. *Il est tard et j'ai trop travaillé.* Pourtant, alors qu'il se relevait pour ranger son schéma, une pensée perdura, refusant de s'effacer.

Ce chat est… étrange.

Les couloirs de l'hôpital semblaient interminables, baignés dans une lumière blafarde qui accentuait la froideur du lieu. Élodie avançait lentement, ses talons résonnant sur le sol ciré. Elle ne pouvait s'empêcher de ressentir un malaise diffus, un mélange d'appréhension et de tristesse. Elle détestait cet endroit, symbole des épreuves que traversait sa sœur.

Arrivée devant la porte de Céline, elle inspira profondément pour calmer son cœur battant. Elle frappa doucement et entra avec un sourire léger, malgré la tension qu'elle tentait de dissimuler. Céline, allongée dans le lit, l'accueillit d'un regard épuisé, mais chaleureux.

— Élodie ! murmura Céline, d'une voix faible, mais teintée d'un réel bonheur.

Elle tendit une main maigre et tremblante vers sa sœur.

— Je suis contente que tu sois là.

Élodie posa son sac et rapprocha une chaise du lit. Elle prit délicatement la main de Céline entre les siennes pour lui transmettre un peu de chaleur.

— Moi aussi, cela me fait plaisir. Comment te sens-tu aujourd'hui ? demanda Élodie, le ton rempli d'une sollicitude sincère.

Céline esquissa un sourire fatigué, ses yeux pétillant malgré l'épuisement.

— Bien, bien… Un peu comme quelqu'un qui s'est fait rouler dessus par un camion, plaisanta-t-elle avec un rictus triste. Plus sérieusement, je m'accroche. Les médecins disent que c'est un long processus, mais que ça peut marcher.

— Il faut y croire, soupira Élodie en serrant plus fort sa main.

— Oui, je sais.

Élodie lui adressa un sourire chaleureux, pour essayer de lui transmettre de la force. Un silence s'installa, léger, mais chargé d'émotion. Elle savait combien Céline préférait parler d'autre chose que de sa maladie.

— Et toi, comment ça va à la maison ? demanda enfin Céline. Les enfants vont bien ? Et Vincent ? Il arrive à s'arracher à son boulot de temps en temps ? Et… Minuit ?

Le visage d'Élodie s'éclaira brièvement à la mention du chat.

— Minuit va bien. Chloé l'adore, elle est fascinée par cette boule de poils.

Elle marqua une pause, puis baissa légèrement les yeux.

— Lucas aussi semble s'y attacher… Il faut dire que ce chat est assez incroyable.

Céline fronça les sourcils, un peu intriguée.

— Il y a quelque chose qui cloche avec Minuit ?

Élodie sourit, gênée. Sa sœur avait toujours su décrypter ses émotions. Elle grimaça, se demandant si elle devait évoquer ses doutes.

— Eh bien, non, pas vraiment…

— Pas vraiment ? s'alarma Céline.

Élodie hésitait encore à se confier, puis haussa les épaules. Si elle devait en parler à quelqu'un, autant que ce soit à sa sœur.

— Depuis qu'on l'a adopté, il se passe des choses assez étranges dans la maison.

L'intensité du regard de Céline avait quelque chose de perturbant.

— Quelles choses ? l'encouragea la malade.

— C'est difficile à expliquer… Ce chat, il… Il semble deviner ce dont on a besoin. Il retrouve des objets égarés, ou…

— Ou ? insista Céline d'un ton pressant.

Élodie se lança, racontant d'une traite ce qui était arrivé lorsque Minuit l'avait retardée avant cet accident. À la fin de son histoire, elle releva les yeux pour interroger sa sœur. Elle fut surprise de voir un sourire énigmatique sur ses lèvres.

— Ça ne m'étonne pas vraiment, murmura Céline en lui caressant la main.

— Qu'est-ce que tu veux dire ? demanda Élodie, un peu perplexe.

Céline inspira profondément, comme si elle pesait ses mots avant de répondre.

— Minuit m'a aidée, moi aussi.

La voix de Céline tremblait légèrement d'une émotion sincère.

— Je ne te l'ai jamais raconté, mais je l'ai trouvé dans un refuge, il y a… même pas un an. C'était après le départ d'Alex…

Elle secoua la tête, la gorge nouée, comme chaque fois qu'elle évoquait son ex qui l'avait abandonnée du jour au lendemain, pour une fille rencontrée en stage.

— C'était une période compliquée, tu t'en souviens. J'avais l'impression d'être dans le flou… De n'être plus importante pour personne…

Elle se tut brièvement et Élodie s'en voulut de lui avoir rappelé ces mauvais moments.

— Un jour, j'ai accompagné Jeanne, tu sais mon amie du boulot…

— Oui, fit Élodie en hochant la tête.

— Nous sommes allées dans un refuge et je suis tombée nez à nez avec Minuit. Il était assis là, dans son box, ses yeux dorés posés sur moi. C'était comme… comme un appel, je ne saurais l'expliquer.

— Je crois que je comprends, souffla Élodie émue.

— Je l'ai ramené à la maison. Il était tellement adorable. Il venait à côté de moi, à ronronner et à chercher des câlins. Il s'installait toujours la tête sur mon sein, là où…

Elle prit une profonde inspiration avant de poursuivre.

— Là où la tumeur a été découverte. Il ne bougeait pas. Il me donnait de légers coups de tête sur la poitrine. Un jour, où il avait été un peu plus brutal que d'habitude, je me suis massé le sein…

Elle haussa les épaules, avec lassitude.

— J'ai senti comme une boule, mais… Tu sais ce que c'est. Je me suis dit que ce n'était rien, que je n'avais pas le temps, que je m'en occuperai plus tard. Deux jours après, j'ai reçu le fameux courrier pour la mammographie. Je l'ai posé de côté, sans prendre rendez-vous. Ce même jour, j'avais vu une publication d'Alex… avec sa… copine.

Elle avait visiblement pensé à un mot moins poli.

— Bref, c'est comme ça, pas vrai ?

— Je suis désolée, murmura Élodie.

Céline baissa les yeux, comme submergée par ses souvenirs.

— Le lendemain, Minuit avait extirpé l'enveloppe et il était assis dessus, poursuivit-elle. Il a fait ça trois jours de suite. Chaque fois, je remettais le pli dans la case courrier, et, chaque fois, il le ressortait. C'était… tellement… fou.

— Oui, je vois ce que tu veux dire, fit Élodie la gorge serrée.

— Ça m'a interloquée… Non, ça m'a inquiétée. J'ai pris rendez-vous et… Tu connais la suite. J'avais encore le temps de faire quelque chose, mais si j'avais attendu un ou deux mois supplémentaires, cela aurait été fichu.

Élodie sentit un frisson parcourir son dos, troublée par cette révélation.

— Tu veux dire que… que Minuit savait que tu étais malade et qu'il a tout fait pour que tu consultes ?

Céline hocha la tête.

— Je ne peux pas l'expliquer, mais oui, je pense qu'il savait. Il m'a aidée à admettre ce que j'avais refusé de voir pendant des mois. J'ai parfois l'impression qu'il a été mis sur mon chemin pour me préparer, pour me sauver. Je ne pouvais pas en parler, on m'aurait prise pour une folle.

Elle serra un peu plus fort la main d'Élodie, ses yeux remplis de reconnaissance.

— J'ai eu l'intuition que je devais te le confier. J'ai pensé qu'il serait bien avec vous. Et peut-être qu'il veille sur toi et sur ta famille, maintenant.

— C'est certain, souffla Élodie.

Les mots de Céline résonnaient avec une clarté nouvelle. Elle n'était pas folle. Minuit avait bien un comportement singulier, pourtant rien de cela n'était rationnel.

— C'est… Tu as une explication ? demanda-t-elle.

— Aucune. Je n'en ai pas cherché, avoua Céline. J'ai accepté l'aide de ce chat, c'est tout.

— Est-ce que tu l'as vu… dormir ?

Céline ne put s'empêcher de rire.

— Oh, tu as remarqué ça aussi ? Non, mais je n'étais pas toujours avec lui. Cela ne m'a pas vraiment interpellée, jusqu'à la découverte de mon cancer. Ce jour-là, je suis rentrée en pleurs. Il m'a consolée. Le lendemain, j'ai appelé le médecin pour accepter de suivre le traitement.

Elle laissa échapper un petit rire amusé.

— Et puis, je t'ai demandé de prendre Minuit. J'avais à peine raccroché que… qu'il dormait sur le fauteuil du salon. Et c'est là que j'ai pris conscience que c'était la première fois que je le voyais dormir.

Un frisson parcourut Élodie. Le chat s'était endormi une fois sa mission accomplie, un scénario digne de son auteur préféré : Stephen King.

— Merci de m'avoir dit tout ça, murmura Élodie.

Céline sourit faiblement, une tendresse infinie dans le regard.

— Merci à toi de me croire. Minuit est là pour toi, pour vous, j'en suis persuadée. C'est son rôle.

Les deux sœurs restèrent silencieuses un moment, main dans la main, unies par cette confession et cette étrange certitude.

En poussant la porte de la maison, Élodie sentit la fraîcheur du couloir l'assaillir, mais ce n'était rien comparé au tumulte qui régnait en elle. Les paroles de Céline tournaient en boucle dans son esprit, comme un écho qu'elle ne parvenait pas à ignorer : « *Minuit m'a aidée à admettre ce que j'avais refusé de voir… Peut-être qu'il veille maintenant sur toi, sur ta famille.* » Ces mots, empreints d'un mystère étrange, laissaient une trace indélébile. Était-il possible qu'un simple chat puisse jouer un rôle aussi crucial dans leur vie ?

Elle secoua la tête, tentant de penser à autre chose. Alors qu'elle déposait son sac et ses clés sur le meuble de l'entrée, son regard fut attiré par une silhouette familière. Minuit était assis sur la première marche de l'escalier, immobile comme une statue de marbre. Ses grands yeux dorés étaient rivés sur elle, perçants et insondables.

Élodie sentit un frisson lui parcourir l'échine. Après les révélations de Céline, elle ne put s'empêcher d'analyser cette présence comme un indice.

— Minuit… Qu'est-ce que tu fais là ? murmura-t-elle, presque malgré elle, comme si le félin pouvait réellement lui répondre.

Minuit se leva et gravit deux marches, avant de s'arrêter. Il tourna la tête vers elle, ses pupilles s'élargissant dans la lumière tamisée. Il la fixait et Élodie jura y percevoir une lueur d'impatience. Puis, d'un petit miaulement, léger, mais pressant, il lui indiqua qu'elle devait le suivre.

Pendant un instant, elle resta figée. Était-il possible qu'elle projette ses pensées sur cet animal ? Peut-être était-elle influencée par les confidences de Céline, ou peut-être… était-ce autre chose ? Minuit, lui, ne semblait pas enclin à attendre. Il tourna sur lui-même, plusieurs fois, comme pour insister, puis grimpa une nouvelle marche. Élodie sentit un poids étrange lui oppresser la poitrine.

— Tu veux que je te suive, c'est ça ? souffla-t-elle.

Le chat s'arrêta, comme pour confirmer. C'était ridicule, et pourtant, chaque fibre de son être criait qu'elle devait lui obéir. Le cœur battant, elle posa une main sur la rambarde et monta derrière lui, ses pas retentissant dans le silence de la maison.

À l'étage, Minuit l'attendait, planté devant la porte de Lucas. Il ne bougea pas, se contentant de la fixer. Comme elle hésitait, il indiqua son impatience d'un miaulement bref. Élodie arrêta de respirer pendant quelques secondes. Son cœur cognait fort dans sa poitrine, les coups résonnaient dans ses oreilles. Elle pressentait un événement terrible et la peur la paralysait. Minuit miaula à nouveau et gratta nerveusement la porte. *Pourquoi…*, se dit-elle, incapable de poursuivre sa pensée. Elle devait…

Élodie secoua la tête. Elle savait que Lucas aimait son intimité, et elle avait toujours respecté cette frontière. Elle n'était pas une mère qui fouillait dans les affaires de ses enfants, mais cette fois-ci, c'était différent.

— Tu veux que j'entre, c'est ça ? murmura-t-elle.

Le chat se dressa et appuya ses pattes sur le battant qui s'ouvrit avec un léger grincement. Élodie le suivit avec appréhension et poussa la porte.

L'intérieur de la chambre était baigné dans une lumière froide provenant de l'écran de l'ordinateur de Lucas. La pièce paraissait figée dans une immobilité oppressante. Élodie resta un instant dans l'embrasure, étudiant chaque détail. Rien ne semblait anormal, et pourtant, une tension invisible flottait dans l'air. Minuit l'attendait, assis sur le plancher. Il reprit sa progression et se glissa sous le lit. Un léger bruit de griffes sur le parquet retentit. Intriguée, Élodie se rapprocha et s'accroupit.

— Qu'est-ce que tu cherches ? demanda-t-elle.

Le corps aplati, Minuit tirait sur quelque chose avec acharnement. Enfin, il recula, laissant apparaître un morceau de corde.

Élodie se figea, ses yeux passant de la corde au chat, puis à la pièce à la recherche d'une explication. De la peur et du chagrin déferlèrent dans son esprit.

— Non…, murmura-t-elle d'une voix chevrotante.

Ses mains tremblaient lorsqu'elle se saisit de la cordelette. La présence de cette… chose sous le lit ne pouvait avoir qu'une seule signification. Elle avait ignoré trop longtemps la souffrance silencieuse de son fils. Sa gorge se contracta, et elle ne put maîtriser un sanglot.

Minuit se posta près d'elle. Ses yeux la fixaient avec une intensité troublante. Élodie serra la corde contre elle. Elle tremblait. Elle s'obligea à cesser de pleurer. Elle devait se montrer forte pour Lucas. Elle n'avait jamais imaginé qu'il subisse une telle épreuve. Que ce soit Minuit qui lui révèle cette vérité la bouleversait.

Elle caressa la tête du chat, avec une gratitude immense mêlée à une peine infinie.

— Merci, murmura-t-elle d'une voix brisée.

Minuit répondit par un ronronnement apaisant. Élodie se releva. Dans son regard brillait une nouvelle résolution. Il était temps de parler à Lucas et lui montrer qu'elle était là pour lui. Elle ne le laisserait plus affronter seul ce cauchemar.

18

Élodie descendit au salon, incapable de faire quoi que ce soit, luttant pour ne pas foncer jusqu'au collège pour y récupérer son fils. Elle sursauta quand la porte d'entrée s'ouvrit. Une onde de soulagement se libéra dans son esprit. *Il est rentré !* Lucas apparut, contemplant ses pieds, les épaules voûtées comme si un poids invisible l'écrasait. Il boitait légèrement. *Qu'est-ce qu'ils lui ont fait ?* se demanda-t-elle avec horreur. Lucas leva les yeux et vit sa mère. Pris en flagrant délit de vulnérabilité, il se redressa précipitamment, tentant de masquer sa douleur.

— Salut, maman, lança-t-il sans vraiment la regarder.

Sans attendre sa réponse, il gravit les marches de l'escalier d'un pas rapide, trop rapide pour sa jambe blessée. Élodie capta une grimace furtive sur son visage, un éclair de souffrance qu'il effaça aussitôt. Elle sentit sa poitrine se serrer. Une intuition viscérale l'exhortait à ne pas laisser passer ce moment. Elle inspira profondément et monta à sa suite.

Arrivée devant la chambre de son fils, elle hésita, n'osant pas toucher la poignée. Son cœur tambourinait si fort qu'elle craignait que Lucas l'entende. Elle poussa doucement le panneau, entrouvrant la porte avec précaution.

Lucas était assis sur son lit, le visage enfoui dans ses mains. Ses épaules tremblaient imperceptiblement, mais pour Élodie, il s'agissait d'un cri d'alarme. Minuit était déjà là, lové près de lui, attentif. Il vint se frotter contre l'adolescent. Lucas l'attrapa délicatement, le prenant dans ses bras comme s'il était l'unique chose à laquelle il pouvait s'accrocher. Il murmura quelque chose dans le creux de son pelage, une confession silencieuse que seul Minuit pouvait entendre.

Élodie sentit sa gorge se nouer en voyant Lucas si vulnérable. Elle frappa doucement à la porte pour signaler sa présence. Lucas se tourna brusquement vers elle, surpris. Ses yeux rougis et gonflés brisèrent un peu plus le cœur d'Élodie. Il esquissa un sourire maladroit, forcé, mais elle lisait clairement la douleur dans son regard.

Minuit, blotti contre lui, appuya son museau contre le bras de l'adolescent, comme pour lui offrir un réconfort silencieux.

— Je peux entrer ? demanda-t-elle.

Lucas hocha la tête, mais elle remarqua la tension dans ses épaules, comme s'il se préparait à une conversation qu'il redoutait. Élodie avança lentement et s'assit au bout du lit, respectant son espace. Elle tendit la main pour effleurer doucement la sienne.

— Lucas…, murmura-t-elle, cherchant ses mots. Tout à l'heure, j'ai trouvé quelque chose sous ton lit…

Elle marqua une pause, sa gorge se serrant davantage. Sa voix trembla lorsqu'elle reprit :

— Une corde.

L'adolescent se figea instantanément. Son visage perdit ses couleurs, et il détourna les yeux, comme s'il s'efforçait désespérément d'imaginer une échappatoire. Sa respiration s'accéléra, et il balbutia :

— C'est rien, maman… juste pour… un truc de bricolage… Je… Tu sais…

Avant qu'il puisse finir son mensonge maladroit, Minuit, toujours blotti contre lui, attrapa sa main entre ses pattes et la mordilla. Lucas s'interrompit. Il essaya de se dégager, mais le chat avait légèrement planté ses griffes dans la peau. Minuit le fixait avec insistance tout en ronronnant.

Élodie sentit son cœur se briser un peu plus face au désarroi de son fils. Elle resserra sa prise sur sa main, un geste chargé de tendresse et d'amour.

— Mon chéri, tu n'as pas besoin de te justifier, murmura-t-elle, sa voix empreinte d'une douceur infinie. Je ne suis pas là pour te juger. Si tu traverses quelque chose de difficile, je veux que tu saches que je suis là. Que je serai toujours là !

Elle marqua une pause, cherchant à capter son attention.

— Tu peux tout me dire, Lucas. Tu n'es pas seul et tu n'as pas à porter seul ce fardeau.

Lucas resta silencieux, ses yeux embués de larmes. Il renifla doucement, puis enfin il se tourna vers Élodie. Le barrage qu'il avait construit pour enfermer sa douleur menaçait de céder. Les mots de sa mère, son regard aimant, le poids de Minuit dans ses bras, son ronronnement insistant… tout cela lui donnait la force de s'épancher.

— Maman…, murmura-t-il.

Sa voix tremblait, et il baissa la tête, incapable d'endiguer ses larmes. Elles coulèrent enfin, traçant des lignes humides sur ses joues.

— Je… Je n'en peux plus, lâcha-t-il, si faiblement qu'elle dut tendre l'oreille. À l'école… Ils… Ils me détruisent.

Les mots s'échappaient, en désordre, comme le flot d'une rivière jaillissant d'un barrage. Chaque phrase paraissait plus déchirante que la précédente, mais aussi, plus rapide, plus facile. Sa voix tremblait tandis qu'il racontait les moqueries incessantes, les bousculades dans les couloirs, les murmures qui se taisaient dès qu'il entrait dans une pièce. Il décrivit les messages cruels laissés sur les réseaux sociaux, les humiliations publiques qui le suivaient jusque dans l'intimité de sa chambre. Sa solitude, son impuissance, cette douleur sourde qui le rongeait jour après jour. Toutes ses souffrances éclatèrent dans un torrent de paroles saccadées.

Élodie l'écoutait, le cœur serré, retenant ses propres larmes pour ne pas le perturber. Elle devait rester forte pour lui et ne pas céder à l'horreur qui lui déchirait la poitrine. Elle pressa doucement sa main, pour lui transmettre tout son amour, toute sa compréhension, chaque fibre de son être essayant de le réconforter.

— Lucas, mon ange… Je suis tellement désolée, murmura-t-elle d'une voix tremblante. Je suis désolée de ne pas avoir vu ce que tu traversais. Je… Mais je suis là, maintenant. Tu n'es pas seul. On va surmonter ça, ensemble.

Lucas hocha la tête, le visage rougi et humide. Minuit se frotta doucement contre son biceps, comme pour lui offrir son réconfort. Élodie passa un bras autour des épaules de son fils et l'attira contre elle. Il enfouit son visage contre sa poitrine, cherchant refuge dans l'étreinte de sa mère. Ils restèrent ainsi, dans un cocon d'amour, jusqu'à ce que leurs émotions s'évaporent lentement.

— On va trouver une solution, Lucas, promit Élodie en caressant tendrement ses cheveux. Je te le jure. On parlera à l'école, on fera tout ce qu'il faut. Tu n'auras plus à affronter ça tout seul.

Lucas se redressa légèrement, les yeux encore brillants, mais une lueur nouvelle animait ses traits fatigués : un espoir fragile, mais réel.

Minuit sauta doucement au sol et s'éloigna de quelques pas pour s'asseoir dans un coin de la pièce. Il fixait la scène de son regard doré et mystérieux.

Élodie attendait le retour de Vincent, son agacement s'amplifiant chaque minute. Il était en retard, encore. Elle jetait des coups d'œil anxieux vers l'horloge, les aiguilles semblaient se déplacer plus lentement que d'habitude. À bout de patience, elle lui envoya un SMS : « *Dépêche-toi, c'est important. Quelque chose de grave est arrivé.* » Sa réponse lui parvint presque immédiatement, un simple « *OK* » froid et laconique. Elle serra les dents, sentant la colère bouillir en elle. Elle commença à taper un texte cinglant, puis se ravisa, effaçant chaque mot avec frustration.

Elle se mit à arpenter le salon, ses pas résonnant sur le parquet. Parfois, elle s'arrêtait et ses doigts tambourinaient nerveusement contre le dossier du fauteuil. Puis, elle recommençait son périple. L'attente devenait insupportable.

Lorsqu'elle entendit la porte d'entrée s'ouvrir, elle s'arrêta net, son cœur battant sous l'effet d'une indignation retenue. Elle se précipita dans le hall.

— Enfin ! s'exclama-t-elle, d'un ton sec.

Vincent franchit le seuil, en levant un sourcil irrité.

— Si cela avait vraiment été grave, tu m'aurais donné des précisions, répliqua-t-il.

— Ce n'est pas le genre de choses dont on discute par SMS, Vincent, rétorqua-t-elle, les bras croisés.

Il soupira, passant une main fatiguée dans ses cheveux.

— Alors, de quoi s'agit-il ? Et j'espère que ce sera rapide, j'ai encore du travail qui…

Cette remarque libéra la tension qu'Élodie retenait depuis des heures.

— Ton travail attendra, pour une fois ! cracha-t-elle, le regard flamboyant. C'est au sujet de Lucas, Vincent. Et cette fois, nous devons en parler. En famille.

Le ton grave et déterminé d'Élodie stoppa la prochaine réplique de son mari. Il la fixa un instant, déconcerté, avant de hocher la tête.

— Maintenant ? demanda-t-il, d'une voix radoucie.

— Oui, tout de suite, répondit-elle sans hésiter. Nous avons déjà laissé traîner trop longtemps.

Quelques minutes plus tard, la famille était réunie dans le salon. Le silence, lourd et oppressant, pesait sur chacun d'eux. Élodie s'assit à côté de Lucas, posa une main légère sur la sienne. Son sourire se voulait réconfortant, mais elle sentait le tremblement nerveux de ses doigts. Le garçon gardait la tête baissée, les mâchoires serrées, incapable de lever les yeux.

— Bien, nous devons parler de ce que traverse Lucas, commença Élodie, sa voix douce, mais ferme. Il est harcelé à l'école depuis la rentrée, et cela a pris des proportions que nous ne pouvons plus ignorer.

Vincent se redressa dans son fauteuil, ses traits se durcissant. Il fixa son fils avec une intensité inhabituelle. Lucas se crispa encore davantage, ses épaules se voûtant comme pour se protéger d'un poids invisible. Il évitait de regarder les autres, tout en se pétrissant nerveusement les mains.

— Lucas, je veux que tu saches que tu peux tout nous dire, déclara Vincent, d'une voix calme. Nous sommes là pour toi. Nous allons trouver une solution, ensemble.

Élodie sentit une pointe de soulagement. Elle avait craint une réaction trop rigide de son mari, mais ses paroles sincères étaient réconfortantes. Lucas releva légèrement la tête, étonné. Après un moment de silence, il déglutit, cherchant ses mots. Sa voix, faible et tremblante, brisa enfin la tension.

— Je… Vous ne pouvez pas en parler. Si vous allez au collège, ils vont le savoir, et… et ils se vengeront.

Son aveu douloureux flotta dans l'air. Élodie, le cœur serré, posa une main rassurante sur son épaule.

— Je comprends, mon chéri, murmura-t-elle. C'est normal d'avoir peur. Mais nous ne pouvons pas laisser cette situation continuer. Il y a des moyens d'agir sans que ton nom soit exposé.

Chloé, installée sur un pouf à côté de son frère, lui toucha le genou pour attirer son attention.

— Peut-être que tu devrais changer d'école, suggéra-t-elle timidement. Comme ça, tu serais tranquille, loin de ces idiots.

Lucas secoua la tête avec une grimace résignée.

— J'y ai pensé…, avoua-t-il d'une voix brisée. Ça ne marche pas. Maxime a fait ça l'année dernière. Il était la cible des mêmes… Il n'était pas là à la rentrée. Je ne sais pas comment ils ont fait, mais dans sa nouvelle classe, ils ont appris ce qu'il avait subi. Ils ont partagé des trucs sur les réseaux… des rumeurs… et ça a recommencé.

Sa voix se brisa, et il détourna le regard, le visage crispé de honte et de résignation.

— Je n'ai pas envie de revivre ça ailleurs, acheva-t-il d'un ton vibrant d'émotion.

Un silence lourd s'installa après ses mots. Élodie sentit son cœur se serrer, une douleur sourde face à la peur palpable de son fils. Ce n'était pas normal qu'un adolescent porte un tel fardeau.

— Qu'est-ce que tu voudrais, Lucas ? demanda-t-elle.

Lucas hésita, le regard fixé sur ses mains jointes, puis finit par murmurer dans un souffle presque inaudible.

— J'aimerais… ne plus aller à l'école. On peut étudier à la maison, je l'ai vu sur internet.

Vincent fronça les sourcils, visiblement décontenancé. Il serra et desserra ses poings à plusieurs reprises, luttant pour rester calme.

— Tu sais bien que ce n'est pas une solution viable à long terme, répondit-il avec fermeté.

— Pourquoi ? rétorqua Lucas, d'une voix teintée de désespoir.

— Ce n'est pas à toi de quitter l'école, Lucas, affirma Vincent en s'appuyant sur le dossier de son fauteuil. Les choses ont changé. La loi est de ton côté, maintenant. Ce sont les harceleurs qui doivent partir.

Lucas baissa la tête avec une grimace résignée.

— Ils se vengeront sur moi si Mathis ou les autres sont virés, murmura Lucas d'une voix presque inaudible. Ce serait mieux si je restais ici.

Vincent inspira, les dents serrées.

— Ce n'est pas à toi de sacrifier ton avenir pour leur donner satisfaction. Tu ne peux pas laisser ces petits cons gagner ! s'exclama Vincent avec conviction.

Lucas se mordit la lèvre et baissa la tête, avec une expression résignée. La réaction de son père ne le surprenait pas.

Élodie, qui observait la scène avec attention, grimaça. Elle comprenait la peur viscérale de Lucas, tout comme elle reconnaissait la justesse des paroles de Vincent. Il fallait trouver une voie médiane, un terrain où Lucas pourrait se sentir en sécurité tout en demeurant protégé.

— Et si nous cherchions une solution intermédiaire ? proposa-t-elle d'une voix douce, mais déterminée. Nous pourrions informer l'école, mais en restant discret. Il est possible de demander un suivi sans que les harceleurs soient directement confrontés à toi ni que ton nom soit cité. Ce serait un premier pas.

Vincent hocha la tête, avec une expression adoucie.

— Ta mère a raison. Nous devons agir avec prudence, mais aussi être fermes. Nous allons solliciter un entretien avec le CPE ou le principal. Nous expliquerons la situation et nous exigerons que tu sois protégé. Rien ne sera fait de manière trop visible, pour que tu restes en sécurité.

Lucas releva à peine les yeux avec une expression incrédule.

— Ça ne marchera pas, papa, marmonna Lucas. Ils le sauront, et ils trouveront un autre moyen de s'en prendre à moi, peut-être même en dehors du collège. Ils sont malins.

Chloé attrapa la main de son frère dans un geste spontané de réconfort.

— On va t'aider, Lucas. Tous ! On ne te laissera pas seul, déclara-t-elle avec une assurance étonnante pour son jeune âge.

Lucas eut un léger sursaut à ses mots, et un sourire triste effleura ses lèvres.

— Merci, crevette, fit le garçon. Mais j'veux pas que tu… tu sois en danger.

— T'inquiète pas, répondit bravement Chloé.

Élodie, émue par la détermination de sa fille et la fragilité de son fils, posa une main tendre sur l'épaule de Lucas.

— Elle a raison, mon cœur. Tu n'es plus seul. On va avancer à ton rythme. Personne ne te forcera à affronter quoi que ce soit d'insurmontable, mais tu dois me promettre de tout me dire. Pas de secrets, d'accord ? Pas de silence.

Lucas déglutit et hocha la tête. Ses yeux, embués de larmes retenues, brillaient d'une émotion sincère.

— Promis, maman.

Vincent se pencha en avant, posant sa large main sur celle de son fils.

— On est une famille, Lucas. Peu importe combien c'est dur, on traverse ça ensemble, déclara-t-il d'une voix grave, mais emplie d'une chaleur réconfortante.

Lucas acquiesça doucement. Pour la première fois depuis longtemps, il se sentit un peu plus léger. Un semblant d'espoir venait d'éclore dans son cœur meurtri. Il avait encore peur, mais cette fois-ci, il avait la force de continuer.

Alors qu'il relevait la tête, il vit Minuit, installé sur son arbre à chat derrière son père. Le félin le fixait de son magnifique regard. Lucas se surprit à lui adresser un remerciement silencieux. *Merci, mon beau Minuit. Merci, merci, merci.*

Les événements s'étaient accélérés depuis la réunion de famille. Vincent et Élodie s'étaient rendus au collège pour rencontrer la direction. Avec calme, mais fermeté, ils avaient exposé la situation de Lucas. À leur grand soulagement, le principal avait pris leur démarche au sérieux et assuré qu'il mettrait en œuvre toutes les mesures nécessaires pour remédier à ce problème.

Rapidement, des actions concrètes avaient été mises en place. Les enseignants avaient organisé des séances de sensibilisation sur le harcèlement, évitant soigneusement de mentionner Lucas pour préserver son anonymat. Des intervenants extérieurs étaient même venus pour aborder ce sujet délicat, partageant des témoignages percutants qui avaient fait réfléchir bon nombre d'élèves.

Malgré ces efforts, la situation de Lucas demeurait difficile. Les blessures émotionnelles ne se refermeraient pas si facilement. Pourtant, un changement subtil s'opérait. Lucas semblait retrouver un peu d'assurance, comme s'il avait enfin une armure pour affronter les regards et les murmures. Il se tenait un peu plus droit, parlait davantage à sa famille, et même si la pression restait pesante, il montrait une résilience nouvelle.

Le soutien inconditionnel de ses proches y était pour beaucoup. Vincent s'efforçait de consacrer plus de temps à ses enfants et Élodie redoublait d'attention pour écouter et accompagner son fils. Même Chloé participait, avec ses petites gentillesses spontanées et son optimisme désarmant. Au collège, quelques enseignants, informés de la situation, veillaient discrètement sur Lucas, s'assurant qu'il ne soit jamais isolé.

Élodie pliait le linge lorsque Lucas revint de l'école. Il abandonna son sac dans l'entrée et se dirigea directement vers l'évier pour se servir un verre d'eau.

— Salut, maman ! Ça va ?

Il effleura sa joue d'un bisou, un geste inhabituel qui la fit tiquer.

— Bonjour…, répondit-elle, avec un regard intrigué.

Il semblait différent, plus léger, presque pétillant. Ce n'était pas flagrant, mais elle le sentait.

— Tout va bien ? demanda-t-elle en le scrutant.

Lucas haussa les épaules avec un sourire en coin qu'il avait du mal à contenir.

— Ouais ! Tout va super bien ! s'exclama-t-il d'un ton enjoué.

Élodie posa sa cuillère en bois et croisa les bras.

— Tu m'en dis plus ?

L'adolescent hésita une seconde, jetant un coup d'œil furtif autour de lui, comme s'il vérifiait qu'ils étaient seuls. Il se mâchouilla la lèvre sous le regard inquisiteur de sa mère.

— En fait… Mathis, tu sais c'est lui qui me harcelait le plus…

Le cœur d'Élodie se serra.

— Qu'est-ce qu'il a fait ? s'inquiéta Élodie.

Lucas réprima un petit rire, puis se pencha pour chuchoter :

— Il a eu un accident de vélo, aujourd'hui.

Élodie fronça immédiatement les sourcils, son instinct maternel prenant le dessus.

— Rien de grave, j'espère ? Et toi, tu…

— Non, maman, j'y suis pour rien, coupa Lucas avec une assurance presque joyeuse. Il faisait le malin, comme d'habitude. Tu sais, il adore foncer sur les petits sixièmes avec son vélo pour les effrayer et s'arrêter au dernier moment. Ça fait marrer ses potes. Sauf que, cette fois, il a perdu le contrôle.

Lucas éclata de rire en revivant la scène dans sa tête.

— Il a fait un vol plané spectaculaire et s'est écrasé dans une flaque de boue, juste devant tout le monde. Y avait même des gens qui filmaient… Pas pour lui, hein, mais pour se moquer des petits. Résultat, ils ont tout capté, et la vidéo circule partout. Il peut plus faire un pas sans que les autres se paient sa tête.

Élodie resta silencieuse un instant, partagée entre le soulagement et une certaine perplexité.

— Je vois, se contenta-t-elle de dire.

— Donc, aujourd'hui, personne s'est occupé de moi, poursuivit Lucas avec un grand sourire. Certains élèves, qui avaient peur de lui avant, se sont déchaînés. Ils en ont profité. Ils se sont moqués de lui toute la journée. Tout le monde lui a tourné le dos, même ses amis.

Le sourire d'Élodie vacilla un peu. Elle voyait la complexité de la situation : d'un côté, le soulagement de voir Lucas heureux, de l'autre, le risque qu'il tire une satisfaction de cette humiliation.

— Je suis contente que les choses s'apaisent pour toi, mon cœur, dit-elle avec douceur.

— Mais ? répondit l'adolescent, conscient du ton de sa mère.

— N'oublie pas de rester toi-même. Ne participe pas à cette spirale…

Le garçon acquiesça avec sérieux.

— Je sais, maman. C'était juste… drôle. Et… Et j'ai eu l'impression d'être vengé, tu vois.

— C'est un sentiment naturel, Lucas. Mais ce qui compte, c'est ce que tu fais avec ça.

Il hocha la tête, son sourire s'effaçant légèrement pour laisser place à une expression plus réfléchie.

— Je ne veux pas devenir comme lui, murmura-t-il.

— Et tu ne le deviendras pas, assura Élodie en posant une main sur son bras. Parce que tu es quelqu'un de bien.

Lucas haussa les épaules d'un air pensif.

— J'vais faire mes devoirs, d'accord ?

Elle acquiesça, comprenant que son fils avait besoin de réfléchir seul à tout cela.

Lucas entra dans sa chambre en lâchant un soupir, mais cette fois, ce n'était pas de lassitude. Il jeta son sac près de son bureau, puis se laissa tomber sur son lit, les bras écartés, un sourire joyeux aux lèvres.

Un léger poids s'abattit sur sa poitrine. Minuit, avec sa grâce féline habituelle, venait de sauter sur lui pour s'installer confortablement. Lucas ne sursauta même pas. Au contraire, il éclata de rire, saisissant la petite tête soyeuse entre ses mains.

— Merci ! Merci ! Merci ! murmura-t-il.

Il approcha son visage du museau de l'animal et déposa un baiser mignon sur son nez. Minuit, imperturbable, émit un ronronnement profond tout en s'étirant avant de s'allonger sur le ventre du garçon, comme pour y trouver son trône.

— Oh, ne fais pas l'innocent, toi, lança Lucas, les yeux pétillants.

Il plongea ses doigts dans le pelage épais et le caressa avec affection.

— On a vu un chat surgir juste devant le vélo de Mathis, poursuivit-il. C'est à cause de toi qu'il s'est vautré, pas vrai ?

Minuit continua de le fixer, imperturbable. Cette sérénité désarmante arracha un rire à Lucas.

— Allez, avoue ! fit-il, taquin.

Le félin se contenta de ronronner, en clignant doucement des yeux. Était-ce une réponse ? Une confession ?

— Tu es vraiment mon ange gardien, hein ? finit par dire Lucas, à mi-chemin entre la plaisanterie et la certitude.

L'adolescent sourit tout en caressant le pelage soyeux de son petit compagnon. Il lui avait sauvé la vie et, aujourd'hui, il venait de lui faire justice.

— Merci, murmura-t-il encore.

Minuit frotta son nez froid sur son menton, ce qui fit pouffer Lucas.

Lucas revivait. Les élèves de sa classe semblaient l'avoir oublié. Pourtant, au lieu de se réjouir, il se sentait pris entre deux émotions contradictoires. Depuis l'accident de Mathis, les choses avaient radicalement changé. Celui qui le harcelait autrefois était désormais la cible de moqueries et de brimades.

Ce soir-là, il n'avait pas le cœur à s'amuser sur ses jeux habituels. Assis sur son lit, le dos contre l'oreiller et les genoux repliés contre sa poitrine, il avait posé son téléphone pour mieux réfléchir. Les souvenirs de la journée tournaient en boucle dans son esprit. Mathis avait vraiment souffert aujourd'hui. Dans les toilettes, des petits malins lui avaient renversé un seau de boue sur les épaules et Lucas ne pouvait s'empêcher de se sentir responsable de la situation.

Un léger coup à la porte le fit sursauter. Il n'eut pas le temps de répondre que Chloé passait la tête dans l'embrasure.

— Ça va, Lucas ?

— Ouais, pourquoi ? répliqua-t-il un peu trop vite.

Chloé entrouvrit la porte, examinant son frère avec attention.

— Pendant le dîner, t'étais super silencieux. J'ai eu peur que… enfin, je sais pas…

Elle resta immobile un instant avant d'entrer complètement dans la pièce. D'un geste naturel, elle s'assit sur le bord du lit avec une expression de sincère sollicitude sur le visage. Surpris, Lucas se dit que sa petite sœur avait vraiment grandi, ces derniers temps. Elle était intelligente et pleine d'empathie.

— Je réfléchissais, c'est tout, marmonna-t-il en croisant les bras.

— Tu veux en parler ? suggéra-t-elle.

Lucas détourna les yeux, triturant nerveusement un coin de sa couverture. Il soupira longuement avant de se redresser un peu, sentant que Chloé ne lâcherait pas l'affaire.

— Tu te souviens de Mathis ? Le gars qui me faisait vivre un enfer ? demanda-t-il enfin.

— Oui, bien sûr. Tu nous en as parlé. Et… même dans mon école, j'ai entendu des trucs sur lui. C'est devenu une sorte de légende.

Lucas écarquilla les yeux.

— Sérieux ? Même chez toi, ils en parlent ?

— Bah oui. Tout le monde sait qu'il s'est éclaté en vélo et qu'il est tombé dans la boue. Mais… C'est quoi le problème, Lucas ?

Il inspira profondément, gêné.

— Il est harcelé à son tour maintenant, murmura-t-il. Et… je crois que c'est de ma faute.

Chloé le regarda, incrédule.

— De ta faute ? Mais pourquoi ? demanda la fillette d'un ton péremptoire.

Lucas hésita, puis baissa la voix, comme s'il avouait un secret interdit.

— Parce que… Parce que l'accident, c'est à cause de Minuit.

Chloé fronça les sourcils.

— Comment ça, à cause de Minuit ?

Lucas se passa une main dans les cheveux, cherchant ses mots.

— Je sais que ça a l'air idiot, mais… Ce jour-là, juste avant que Mathis tombe, plusieurs élèves ont vu un chat surgir devant son vélo. Il a perdu le contrôle en essayant de l'éviter, apparemment. Et… Et c'était un chat gris, comme Minuit.

Chloé ouvrit la bouche, réfléchit un instant, puis la referma en secouant doucement la tête.

— Tu crois que Minuit a fait ça exprès ? demanda-t-elle, dubitative. Qu'il t'a suivi jusqu'au collège, qu'il a repéré Mathis et décidé de le faire tomber… pour te protéger ou te… venger ?

Lucas grimaça, détournant les yeux.

— Ouais… Ça a l'air vraiment ridicule quand tu le dis comme ça, admit-il en se mordant la lèvre.

— Je ne pense pas que ce soit ridicule, répondit Chloé avec sérieux.

Le garçon la regarda, surpris par le ton réfléchi de sa petite sœur. Après une brève hésitation, il hocha la tête, songeur.

— Il aurait pu se faire mal…

— Peut-être, mais ce n'est pas arrivé, dit Chloé, fermement.

— Peut-être, mais regarde ce qui se passe maintenant… Mathis est devenu leur nouvelle cible. Et je crois que c'est presque pire pour lui. Ils le ridiculisent, ils lui lancent de la boue… Il a pris ma place.

Chloé haussait un sourcil, perplexe, avant de poser doucement sa main sur celle de son frère.

— Et ça t'embête, hein ? demanda-t-elle avec gentillesse, comme si elle comprenait déjà.

Lucas hésita. Ses pensées se bousculaient dans son crâne et il ne savait plus trop où il en était.

— Je me dis que, d'un côté… c'est mérité. Après tout ce qu'il m'a fait subir, c'est bien fait pour lui, non ?

— Tu as tout à fait le droit de dire ça, répliqua Chloé avec une détermination surprenante pour son âge. Il t'a fait tellement de mal, Lucas.

— Oui, peut-être… mais… je ne veux pas être comme lui, murmura-t-il, en se tortillant les mains nerveusement. Je ne veux pas devenir un harceleur, même pour me venger. Et je ne veux pas rester là à ne rien faire non plus. Si je ne dis rien, c'est comme si j'étais complice. Mais j'ai peur… Si je le défends, ils vont recommencer à s'en prendre à moi.

Chloé resta silencieuse un instant, réfléchissant à ce qu'elle allait répondre.

— C'est compliqué, admit-elle doucement. Mais je sais une chose : tu n'es pas comme eux. Pas du tout.

— Comment tu peux dire ça ?

Elle l'interrompit en posant une main sur son genou tout en secouant la tête.

— Baptiste, le frère de Julie, tu le connais ?

— Ouais, grommela Lucas, avec une grimace dégoûtée.

Baptiste faisait partie de la bande de Mathis.

— Il n'arrête pas d'embêter sa sœur. Il est méchant avec elle. Toi, t'es un super grand frère.

Lucas sourit avec chaleur.

— Merci, crevette, mais… Si j'dis rien, pour Mathis, si je ne fais rien, je suis tout de même coupable, non ?

Chloé leva un doigt, comme si une idée venait de germer dans son esprit.

— Et si tu allais parler à madame Gariou, la prof d'allemand ? Tu m'as dit qu'elle t'avait aidé, qu'elle était à l'écoute. Si tu lui dis que Mathis est harcelé, elle pourra intervenir, sans que ce soit toi qui prennes des risques.

Lucas se tourna vers sa petite sœur, les yeux écarquillés, visiblement abasourdi.

— Comment tu fais pour toujours trouver les meilleures idées, toi ? dit-il avec un sourire en coin. Ouais… Je vais faire ça.

Chloé haussa les épaules avec une modestie feinte, puis son visage s'éclaira d'une grimace espiègle.

— Tu sais, je ne pense pas que Minuit voulait que Mathis souffre comme toi. Je crois juste qu'il voulait lui montrer ce que ça fait d'être humilié, pour qu'il comprenne.

Lucas éclata de rire, secouant la tête, amusé par la suggestion de sa sœur.

— Tu crois vraiment que ce chat est capable de réfléchir comme ça ? demanda-t-il en riant.

Chloé plissa les yeux, l'air malicieux.

— Avec Minuit, tout est possible.

Lucas la regarda avec tendresse, puis passa un bras autour de ses épaules pour l'attirer contre lui.

— Merci, crevette. Tu es vraiment la meilleure petite sœur qui existe, dit-il en déposant un baiser sonore sur sa joue.

Chloé gloussa, puis le repoussa pour mieux l'observer.

— Je t'aime, Lucas.

— Moi aussi, petite maline. Moi aussi.

Élodie était rassurée. Lucas semblait aller mieux, même s'il était encore pensif par moment. Le fait que Mathis soit la nouvelle cible du harcèlement le perturbait. Son fils avait fini par lui avouer l'implication probable de Minuit dans l'accident de son camarade de classe. Il se sentait coupable de ce qui était arrivé.

Après le dîner, elle demanda à Vincent de rester un peu, afin d'aborder le sujet. Il accepta avec un soupir agacé. Élodie s'obligea au calme. La situation entre eux était tendue depuis plusieurs jours, comme une corde prête à se rompre. Certes, ils avaient remisé leurs difficultés le temps de régler les ennuis de leur fils, mais cette accalmie avait été de courte durée. La tension s'était ravivée ces derniers jours.

— Bon, qu'est-ce qu'il y a ? demanda Vincent tout en déposant les verres dans le lave-vaisselle.

Élodie se redressa et toisa son mari.

— Lucas va mieux, mais il s'inquiète pour Mathis…, commença-t-elle, prudemment.

Vincent haussa un sourcil, interloqué.

— Mathis ? répéta-t-il, comme s'il ne reconnaissait pas le nom.

Élodie serra les dents.

— Le garçon qui le harcelait, Vincent ! Tu t'intéresses à nos vies ou tu n'en as rien à faire ?

— C'est bon, j'avais oublié, répliqua-t-il sèchement. C'est quoi le problème ?

— Mathis a eu un accident de vélo. Rien de grave, mais il s'est ridiculisé devant tout le monde. Depuis, les élèves le tourmentent lui, au lieu de Lucas.

— Formidable, alors.

Élodie soupira, incapable de contenir son exaspération.

— Lucas s'estime responsable. Cela le perturbe beaucoup.

Vincent s'arrêta dans son mouvement, en inclinant la tête.

— C'est une blague ? Ce Mathis récolte enfin ce qu'il a semé et Lucas culpabilise ? C'est insensé !

— Ce n'est pas insensé, rétorqua Élodie, sa voix s'élevant légèrement. Lucas est un enfant sensible. Il ne veut pas voir quelqu'un souffrir, même si cette personne l'a blessé.

Vincent secoua la tête, incrédule.

— Lucas est trop fragile, voilà tout. Arrête de le couver et il ira mieux.

— Et si c'était toi qui faisais preuve d'un peu d'empathie pour une fois ? répliqua Élodie à bout de patience. Lucas a voulu se suicider, Vincent. Réagis, bon sang ! Il a failli se tuer.

— Mais non, grommela son mari. Il a juste appelé à l'aide en laissant traîner cette corde pour que tu la trouves.

— Comment tu peux dire ça ! s'exclama Élodie. Tu ne peux pas être aussi froid, tout de même.

Vincent soupira sans dissimuler son irritation.

— C'était un appel à l'aide. Nous avons réglé son problème et ce n'est pas le sujet. Qu'il cesse de s'inquiéter parce qu'un petit connard est devenu une victime ! Je ne vois pas pourquoi il s'estime responsable de la situation.

Élodie hésita une seconde, puis lâcha la vérité.

— Parce qu'il croit que Minuit a causé cet accident.

Vincent éclata de rire, un rire bref et moqueur qui résonna désagréablement dans la cuisine.

— Minuit ? Tu veux dire notre chat ? Tu n'es pas sérieuse ?

— C'est un chat qui a déboulé devant le vélo et c'est à cause de ça que Mathis a fait un vol plané.

Vincent la regarda comme si elle venait de lui annoncer que la Terre était plate.

— Laisse-moi deviner, tu crois à cette théorie, toi aussi ? ironisa-t-il.

— Arrête de te moquer, s'énerva Élodie.

— Non, mais tu t'entends ? Quoi, tu es en train de me dire que ce chat est une sorte de vengeur qui a su trouver le petit con qui harcelait Lucas et qui l'a… attaqué. Bordel ! N'encourage pas nos gosses avec ces histoires ! Ce n'est qu'un foutu chat.

Élodie serra les mâchoires de rage.

— Minuit a fait pour Lucas ce que nous n'avons pas su faire. Il a été là, au moment où il était au plus mal. Il a été présent pour lui, pour l'empêcher de commettre l'irréparable. Là où moi-même j'ai échoué à voir, lui a su percevoir l'essentiel.

Vincent lâcha un ricanement moqueur.

— Tu te rends compte de ce que tu dis ? s'exclama-t-il avec une pointe de sarcasme dans la voix. Tu penses vraiment qu'un chat peut deviner nos problèmes ? Ce n'est pas rationnel. Minuit n'a rien fait de spécial. Ce n'est que du hasard.

Élodie sentit la colère bouillonner en elle ; cette moquerie constante devenait insupportable. Elle avait gardé le silence trop longtemps, tentant de lui faire comprendre avec patience, mais il restait aveugle à ses efforts.

— Et si c'était plus qu'une coïncidence, Vincent ? Et si Minuit, d'une manière que tu refuses de voir, était là pour nous aider, pour veiller sur nous ? Pourquoi rejettes-tu cette idée ?

— Parce que c'est absurde ! On a des vrais problèmes à gérer, des choses concrètes. Tu crois qu'on va s'en sortir en faisant confiance aux « miracles » d'un chat ?

La colère d'Élodie explosa.

— Si tu levais les yeux de tes papiers, si tu pensais à autre chose que ton fichu boulot, tu aurais vu ce qui se passait sous ton nez et tu comprendrais ce qu'on traverse tous !

Vincent se redressa, piqué au vif.

— Oh, je t'en prie, pas la peine de me faire la morale. Tu n'as rien vu non plus et Minuit n'est qu'un chat.

Les mots de Vincent frappèrent Élodie de plein fouet. Elle se sentit blessée et déçue de cette insensibilité.

— C'est toujours pareil avec toi, Vincent, s'écria Élodie avec fureur. Tu refuses de voir ce qui ne rentre pas dans ta logique. Lucas aurait pu se tuer, et tout ce que tu envisages, c'est une « coïncidence » ?

— Alors quoi ? gronda-t-il avec exaspération. On va remercier Minuit de tout, c'est ça ? On va lui attribuer des intentions humaines, l'imaginer en ange gardien ? C'est ridicule, Élodie.

— Ce qui est ridicule, c'est de fermer les yeux sur ce que vit ta famille, sur ce que Minuit a fait pour nous, répliqua-t-elle.

Vincent resta silencieux, tandis que la colère déformait son visage. Ses mâchoires se crispèrent. Il serra les poings, essayant de contenir sa propre frustration.

— Si tu veux croire à cette histoire de chat magique, libre à toi. Moi, je préfère garder les pieds sur terre, grogna-t-il.

Il fit un pas en arrière, attrapa sa veste sur une chaise, et se dirigea vers la porte.

— Où vas-tu ? demanda Élodie, sentant la panique monter.

— Prendre l'air, répondit-il sans se retourner. J'ai besoin de mettre un peu de distance… et de retrouver du bon sens.

La porte claqua, laissant Élodie seule dans la cuisine, tremblante de rage. Minuit, assis dans un coin, la fixait de ses yeux couleur d'ambre. Élodie se passa une main dans les cheveux et un long soupir s'échappa de ses lèvres.

— Qu'est-ce que je vais faire de lui, Minuit ?

Vincent roulait au hasard dans la nuit, le regard fixé droit devant, les mâchoires serrées et les mains crispées sur le volant. Les mots échangés avec Élodie tournaient en boucle dans sa tête, chaque phrase ravivant sa frustration.

— Toujours des reproches, marmonna-t-il entre ses dents. Comme si tout ce que je faisais ne comptait pas.

Il accéléra, laissant les phares illuminer la route déserte. L'air salin de la falaise lui parvenait à travers les fenêtres entrouvertes, mais il n'en avait cure.

— Je bosse comme un dingue pour cette famille, et tout ce qu'elle trouve à faire, c'est défendre un foutu chat ! fulmina-t-il, frappant le volant du plat de la main.

Il jeta un coup d'œil au tableau de bord, cherchant à canaliser sa colère. Pourtant, une part de lui savait qu'Élodie n'avait pas tort. Elle travaillait autant que lui, elle gérait la maison et les enfants. Il secoua la tête en songeant aux non-dits accumulés entre eux. Mais cette pensée était trop lourde à affronter, et il la repoussa avec une hargne fébrile.

Son téléphone sonna et le nom d'Élodie s'afficha sur son ordinateur de bord.

— Pas maintenant, grogna-t-il, en appuyant sur la touche « refuser ».

Le téléphone carillonna de nouveau, puis Élodie lui envoya un SMS. Il l'ignora. Elle réitéra son appel, à peine cinq minutes plus tard. Elle insistait. Exaspéré, il serra les dents et lâcha un rire amer.

— Si elle veut poursuivre la dispute, elle peut toujours courir ! marmonna-t-il.

La sonnerie du téléphone résonna à nouveau dans l'habitacle. Sans même regarder son ordinateur de bord, il trifouilla dans sa veste pour éteindre l'appareil. Il interrompit son geste. Il venait de reconnaître le nom et la photo de Lucas sur l'écran. Une vague d'inquiétude déferla sur lui, étouffant immédiatement sa colère. Il décrocha.

— Lucas, si c'est pour transmettre un message de ta mère, dis-lui que ça peut attendre. Je n'ai pas envie de discuter maintenant, lâcha-t-il d'un ton plus dur qu'il ne l'aurait voulu.

— Papa ! Arrête de parler ! s'écria son fils, d'une voix qui vibrait d'urgence. Chloé… Chloé a disparu !

Le sang de Vincent se glaça.

— Quoi ? Qu'est-ce que tu veux dire ? s'étrangla-t-il.

— Elle… Elle a pris son manteau et elle est sortie pour te chercher. On ne sait pas où elle est. Maman a essayé de t'appeler une centaine de fois !

Le cœur de Vincent manqua un battement. Il sentit ses mains trembler sur le volant, tandis qu'une panique viscérale l'envahissait.

— J'arrive ! s'écria-t-il. Je vais la chercher. Lucas, reste avec ta mère, et contacte-moi dès que vous avez des nouvelles.

— Toi aussi, répondit Lucas.

Vincent crut entendre un reproche à peine voilé dans la voix de son fils : un reproche mérité. Il raccrocha. Machinalement, il actionna son clignotant pour se garer. Il tremblait. Devant lui, le monde sembla rétrécir. Sa colère s'était évaporée, laissant place à une peur dévorante. Sa petite fille était toute seule dans la nuit. Il s'en voulut amèrement d'avoir ignoré les appels d'Élodie, d'avoir laissé sa fierté l'emporter. Une vague de culpabilité s'abattit sur lui, et cette fois, il n'essaya pas de l'étouffer.

Il inspira profondément, puis redémarra. Il fit un demi-tour rapide, puis reprit la route en sens inverse.

— Tiens bon, Chloé, murmura-t-il en accélérant. Papa arrive.

Vincent quadrillait les rues de son quartier avec une intensité presque fébrile, cherchant sa fille dans la lumière de ses phares. Les mains crispées sur le volant, il scrutait l'obscurité. Il était tellement oppressé par l'inquiétude qu'il avait l'impression de suffoquer. Il ouvrit la fenêtre, mais l'air frais n'apaisa pas sa panique.

Il roulait, l'esprit focalisé sur sa recherche. Alors qu'il approchait d'un carrefour, il dut piler pour s'arrêter à un stop qu'il n'avait pas vu. Indécis, il jeta un regard à droite, puis à gauche, incapable de trancher. Soudain, une silhouette agile et grise surgit du néant, atterrissant en douceur sur le capot de sa voiture. Vincent sursauta, les yeux écarquillés de stupéfaction. Juste devant lui, un chat aux pupilles dorées le fixait à travers le pare-brise.

Minuit.

Le félin ne bougeait pas. Il se contentait de le regarder intensément, comme s'il cherchait à capter toute son attention. Puis, d'un bond élégant, il sauta du capot directement sur le trottoir. Vincent, le cœur battant, observa Minuit s'arrêter quelques mètres plus loin et se retourner, comme pour vérifier qu'il suivait. Poussé par une impulsion qu'il ne comprenait pas encore, il redémarra et s'engagea doucement derrière l'animal.

Minuit avançait à un rythme régulier, ses pattes effleurant presque le sol. Il disparaissait parfois dans l'ombre, mais réapparaissait aussitôt sous les halos des réverbères, son pelage gris se fondant dans la nuit. Vincent n'en revenait pas. Il était là, en pleine nuit, à suivre un chat qui semblait avoir une destination précise en tête.

— C'est insensé, murmura-t-il.

Pourtant, il accéléra légèrement pour ne pas perdre le félin de vue. Cette situation était absurde, irréelle même, mais quelque chose l'empêchait de faire demi-tour.

Minuit finit par pénétrer dans une ruelle étroite, trop petite pour que la voiture puisse passer. Vincent se gara en urgence et continua à pied. La lampe torche de son téléphone projetait des ombres inquiétantes sur les murs délabrés, amplifiant son anxiété. Au bout de la venelle, le chat l'attendait, assis, ses yeux d'ambre brillants dans la pénombre. Dès que Vincent s'approcha, Minuit se leva et s'évanouit dans la nuit.

— Attends ! s'écria Vincent.

Il accéléra, glissant sur les pavés humides. Le souffle court et le cœur tambourinant dans sa poitrine, il émergea enfin de la ruelle. Un peu en dessous, il découvrit un petit parc sombre, à peine éclairé par un réverbère solitaire qui se dressait au bord de l'allée. Le chat avait disparu. Vincent s'arrêta pour mieux scruter l'obscurité.

— Minuit ? appela-t-il, incertain.

L'animal ne réapparut pas. Vincent grogna en se maudissant pour sa crédulité, puis il remarqua une silhouette frêle, recroquevillée sur un banc. Son cœur se serra violemment.

— Chloé ! cria-t-il, la voix tremblante.

La petite fille releva lentement la tête. Ses joues étaient striées de larmes et elle avait les yeux rouges. À cet instant, Vincent sentit une vague de soulagement et de culpabilité l'envahir tout à la fois. Il se précipita vers elle, tombant à genoux devant le banc.

— Papa…, murmura-t-elle en pleurant.

Il l'attira contre lui avec une douceur désespérée, ses mains tremblantes caressant ses cheveux. Elle éclata en sanglots, enfouissant son visage dans son manteau.

— Pourquoi ? Pourquoi as-tu fait ça ? demanda-t-il, incapable de contenir le mélange de peur et de reproches dans sa voix. Pourquoi es-tu sortie toute seule ?

— Je… Je voulais que tu reviennes. Je ne veux pas que toi et maman vous disputiez… Je… Je veux pas que vous divorciez, hoqueta-t-elle.

Vincent sentit son cœur se serrer comme jamais. Il l'enlaça plus fort, comme si ce simple geste pouvait apaiser toute sa peine.

— Mais on ne va pas…

— Vous vous êtes fâchés. Tu… Tu es parti…

La voix de Chloé se brisa, et ses mots frappèrent Vincent de plein fouet. Sa colère avait pris le dessus. Il avait été aveugle aux répercussions sur sa fille. Il la serra plus fort, submergé par le regret.

— Je suis là, ma chérie, murmura-t-il avec douceur. Je ne vais nulle part et… On ne va pas divorcer, d'accord ? J'ai juste été stupide, vraiment stupide… Tu me pardonnes ?

Chloé hocha faiblement la tête contre son épaule, son souffle encore saccadé par les pleurs, tandis que

Vincent jurait intérieurement de ne plus jamais laisser sa fierté mettre en péril ce qu'il avait de plus précieux.

Vincent jeta un regard en arrière, cherchant Minuit, mais il n'était pas là. *Est-ce que j'ai rêvé ?* se dit-il. Il grimaça, incrédule. Une étrange certitude l'envahit. Ce qui venait d'arriver n'était pas un simple hasard. Minuit, d'une manière ou d'une autre, l'avait guidé jusqu'à sa fille. Est-ce que cela voulait dire qu'il était… surnaturel ? Vincent secoua la tête, repoussant ses doutes à une autre fois.

D'un geste plein de tendresse, il essuya les joues de Chloé. Elle se blottit contre lui.

— Je t'aime, papa, murmura-t-elle.

— Oh, moi aussi, ma chérie ! On rentre ? ajouta-t-il avec douceur.

— Oui !

Il sortit son téléphone et envoya un message rapide à Élodie pour la rassurer. Il serra fermement la main de Chloé dans la sienne et ils revinrent vers la voiture. Vincent ne put s'empêcher de sourire en sentant la menotte de Chloé dans la sienne. *Merci, Minuit !* se dit-il enfin.

Le lendemain matin, une douce lumière dorée baignait la maison, annonçant une journée claire. Vincent s'éveilla lentement, s'étirant sous les draps. Un coup d'œil au côté vide du lit lui apprit qu'Élodie s'était déjà levée. Il laissa échapper un soupir. La veille, malgré la tension palpable, ils n'avaient pas crevé l'abcès. Ils étaient tous les deux si soulagés d'avoir retrouvé Chloé, qu'ils s'étaient couchés sans rien dire.

Assis sur le bord du lit, il passa une main dans ses cheveux en bataille. Quelque chose avait changé. Il se sentait plus léger, comme si une part du poids qui l'écrasait depuis des semaines s'était dissipée. Une idée, encore floue, s'imposa à lui : il devait faire un effort, pour Chloé, pour Lucas, mais surtout pour Élodie.

Il s'habilla rapidement et descendit au rez-de-chaussée. Les bruits de la maison lui parvinrent comme un fond sonore rassurant. Chloé, installée dans le salon, semblait captivée par un dessin animé, tandis que Lucas était probablement enfermé dans sa chambre. Dans la cuisine, Élodie s'affairait devant l'évier, concentrée sur la vaisselle. Elle ne tourna même pas la tête à son arrivée.

— Bonjour…, murmura-t-il.

— Salut, répondit-elle sans se retourner, son ton distant trahissant sa contrariété.

Vincent se servit du café, laissant le liquide couler lentement dans son mug, humant la bonne odeur qui s'en dégageait. Il porta la tasse à ses lèvres en hésitant, ne sachant pas ce qu'il devait faire. Un mouvement dans le salon attira son attention. Chloé l'observait par-dessus le dossier du canapé, à genoux pour mieux le voir. Ses grands yeux le fixaient avec une intensité qui lui donna un coup au cœur. Elle semblait espérer quelque chose, peut-être une promesse implicite, ou un geste qui viendrait réparer ce qui s'était fissuré entre ses parents.

Il lui offrit un sourire rassurant, puis reposa sa tasse sur le comptoir. Élodie continuait à l'ignorer, et il sentit que c'était maintenant ou jamais.

— Élodie…, commença-t-il, sa voix plus grave qu'il ne l'aurait voulu.

Elle ne répondit pas, mais il remarqua une pause dans ses mouvements, une hésitation presque imperceptible.

— On pourrait… aller faire un tour, proposa-t-il.

— Où ? demanda-t-elle d'un ton sec, sans lever les yeux.

Il prit une profonde inspiration, luttant pour ne pas se laisser déstabiliser.

— Sur la plage. Juste nous deux.

Élodie posa une assiette dans l'égouttoir avec un peu trop de force et ouvrit la bouche, prête à refuser, il en était certain. Mais à cet instant, Minuit émergea de sous la table. Avec une élégance féline, il vint se frotter contre les mollets d'Élodie, son ronronnement résonnant dans le silence tendu de la pièce. Elle baissa les yeux vers le chat, ses traits s'adoucissant légèrement, tandis que son regard oscillait entre Minuit et Vincent.

— D'accord, finit-elle par répondre.

Les dix minutes nécessaires pour rejoindre la plage leur semblèrent une éternité. Ils descendirent sur le sable sans un mot. À cette heure encore matinale, l'endroit était désert et le temps paraissait suspendu. Le bruit des vagues qui se brisaient sur la grève était presque hypnotique.

Ils marchèrent jusqu'à la mer, les yeux fixés sur l'horizon noyé dans une légère brume. Le silence, pesant, soulignait la tension qui les séparait tel un gouffre infranchissable. Vincent inspira profondément, puisant dans l'air marin le courage qui lui manquait. Il se tourna vers Élodie qui admirait les vagues.

— Je suis désolé, finit-il par murmurer avec sincérité. Pas seulement pour hier soir. Pour tout. Pour ces derniers mois.

Elle ne réagit pas, les yeux toujours rivés sur l'horizon. Vincent se mordit les lèvres. Cela n'allait pas être facile, mais il l'avait bien mérité.

— J'ai été trop absent, reprit-il. Je ne t'ai pas écoutée. Je n'ai pas fait attention à toi ou aux enfants. J'étais plongé dans mon travail et… Je pensais faire ce qu'il fallait. Je pensais avoir raison, mais… mais hier soir, quand Chloé a disparu, j'ai eu une sorte de… révélation.

Élodie se tourna vers lui lentement, avec un mélange de surprise et de curiosité dans les yeux.

— C'est Minuit… Il…

Vincent hésita. Dire à voix haute ce qu'il avait vécu lui semblait si absurde, presque irréel. Mais il ne pouvait pas nier l'évidence.

— Minuit m'a mené à Chloé. Il est apparu de nulle part. Il a sauté sur ma voiture, et il m'a guidé à travers le village jusqu'à elle. Sans lui, je ne l'aurais jamais trouvée là où elle était. Je… Je n'ai aucune explication rationnelle pour ce qu'il a fait, mais… tu avais raison. Minuit est… différent.

La gorge serrée, il s'interrompit, incapable de mettre des mots précis sur ce qu'il ressentait. Mais il n'en avait pas besoin. Élodie, émue, esquissa un sourire timide. Ses yeux brillaient de larmes contenues. Vincent s'approcha d'elle et prit sa main dans la sienne avec toute la sincérité possible.

— Je t'ai négligée. J'ai négligé Lucas et Chloé, parce que j'étais trop absorbé par mon travail. J'ai mis mes ambitions avant vous, et c'était une erreur. Je veux changer ça.

Sa femme fronça un sourcil interrogateur.

— J'ai pris une décision, continua-t-il, sa voix plus assurée. Je vais demander un autre poste. Moins de responsabilités, moins de pression. Ce ne sera pas aussi prestigieux, mais… je pourrai être là. Pour toi, pour les enfants. Pour nous.

Les lèvres d'Élodie tremblèrent légèrement, mais elle resta silencieuse, stupéfaite. Elle connaissait l'importance que son travail avait toujours eue pour lui. Cette décision n'était pas anodine, et elle le savait.

— Vincent… tu es sûr ? murmura-t-elle enfin.

Sa voix était hésitante, vibrant à la fois d'incrédulité et d'espoir. Il hocha la tête, un sourire résolu sur le visage.

— Plus sûr que jamais. Si hier soir m'a appris une chose, c'est que rien n'est plus important que vous trois. Si j'avais perdu Chloé… Je n'aurais jamais pu me le pardonner. Je ne veux plus jamais courir ce risque.

Il fit une pause, cherchant ses mots avant de poursuivre.

— Je pense que nous devons prendre du temps pour nous. Les prochaines vacances scolaires, nous pourrions partir tous les quatre, loin d'ici. Juste nous, pour respirer et se retrouver. Nous trouverons une solution pour Minuit, ajouta-t-il avec un sourire en coin.

Élodie éclata d'un rire cristallin, essuyant une larme qui roulait sur sa joue.

— S'il accepte de nous laisser partir, pouffa-t-elle.

Vincent se joignit à elle, leur gaieté couvrant le bruit des vagues. Il passa un bras autour d'Élodie et l'attira à lui. Elle s'appuya contre son torse, fermant les yeux. Lorsque leurs lèvres se rencontrèrent, ce fut avec une tendresse renouvelée, comme une promesse silencieuse d'un avenir plus doux.

Le séjour à Saint-Malo avait rapproché les membres de la famille Guevel d'une manière qu'ils n'auraient jamais imaginée. Depuis leur retour, la maison semblait baignée d'une lumière nouvelle, remplie de rires et de moments partagés. Vincent, fidèle à sa promesse, était devenu un père et un mari plus attentif. Élodie prenait du temps pour elle. La semaine dernière, elle avait également appris une excellente nouvelle : Céline, sa sœur, était en rémission de son cancer. Elle était partie en séjour de repos dans les Alpes et Élodie était impatiente de la revoir. De son côté, Chloé était rayonnante et avait retrouvé l'insouciance de son âge. Lucas avait recouvré sa confiance en lui et ses notes s'envolaient. Au collège, la professeure d'allemand avait entamé une croisade anti-harcèlement qui portait doucement ses fruits.

Les vacances d'été approchaient et, ce samedi matin, une douce chaleur inondait la cuisine où la famille prenait son petit déjeuner.

— Vous savez quoi ? lança soudain Lucas en reposant son verre de jus d'orange.

— Quoi ? répondit Élodie avec un sourire en coin.

— Mathis déménage, enfin ses parents. Son père est muté quelque part dans le Sud.

— Oh, qu'en penses-tu, mon grand ?

— J'sais pas trop. Malgré les actions de madame Gariou, ce n'est pas facile pour lui. Il est souvent absent, mais je ne crois pas qu'il soit vraiment malade. Il essaie d'éviter l'école.

— Ce sera peut-être mieux pour lui de s'éloigner, dans ce cas, affirma doucement Vincent.

— Ouais, c'est clair, répondit le garçon.

— Bon, tout s'arrange alors. Qu'est-ce que vous voulez faire aujourd'hui ? demanda Vincent après avoir avalé une gorgée de café.

— J'sais pas, marmonna Lucas qui avait prévu de tester son nouveau jeu vidéo.

— Lucas, c'est samedi, et il fait beau. Pas question de rester enfermé, déclara Élodie. On pourrait pique-niquer sur la plage.

— Oh oui ! s'exclama Chloé, les yeux pétillant d'excitation.

Lucas haussa les épaules, à mi-chemin entre résignation et amusement, mais avant qu'il ne puisse répondre, un mouvement dans le jardin attira leur attention. Minuit venait d'apparaître de son pas élégant et décidé. Cependant, il n'était pas seul. Juste derrière lui, un petit chat roux trottinait maladroitement, son allure espiègle contrastant avec la dignité de Minuit.

Chloé poussa un cri émerveillé.

— Oh ! Il est trop mignon ! s'écria-t-elle en sautant de sa chaise.

Elle se précipita pour ouvrir la porte donnant sur le jardin. Elle s'agenouilla pour accueillir les deux félins.

— Bonjour, toi, souffla-t-elle. C'est ton copain, Minuit ?

Le chaton, curieux, mais prudent, resta immobile quelques secondes, scrutant la fillette de ses grands yeux verts, avant de s'avancer timidement. Minuit, lui, s'assit tranquillement, observant la scène avec sa sérénité habituelle, comme s'il supervisait un rituel important. Chloé tendit la main, laissant le chaton s'approcher pour lui renifler les doigts. Intrigué, il fit encore quelques pas. Elle caressa doucement le petit chat roux qui ne se déroba pas. Il finit par s'aplatir en ronronnant.

— On dirait que Minuit nous fait une surprise, lança Vincent avec un sourire amusé, jetant un regard complice à Élodie.

Chloé se tourna vers son père, des étoiles dans les yeux.

— Papa, dis, on peut le garder, s'il te plaît ? Si Minuit l'a ramené ici, c'est forcément pour une bonne raison, non ?

Vincent marqua une pause, réfléchissant. Depuis cette fameuse nuit, Minuit n'avait plus montré de comportements étranges. Certes, il ne dormait toujours pas, mais il se contentait d'arpenter la maison tranquillement, diffusant son ronronnement apaisant à ses humains.

Le chaton, quant à lui, sauta avec aisance sur les genoux de Chloé, qui gloussa, ravie. Elle enfouit son visage dans le pelage doux du petit animal, ses bras l'entourant comme pour le protéger du monde entier. Vincent croisa le regard d'Élodie. D'un léger signe de tête, elle approuva, un sourire aimant sur les lèvres.

— On dirait qu'il fait déjà partie de la famille, céda Vincent dans un éclat de rire. Très bien, Chloé, mais tu seras responsable de lui. Ça marche ?

Le visage de Chloé s'illumina de bonheur. Elle serra tendrement le chaton contre elle, comme si elle avait attendu ce moment depuis toujours.

— Oui ! Merci, papa, merci, merci ! Je vais super bien m'occuper de toi, mon petit amour.

Lucas s'approcha, intrigué lui aussi par l'animal. Il ébouriffa les cheveux de sa sœur, avec une grimace malicieuse.

— Il faut lui trouver un nom, crevette, lança-t-il avec un large sourire.

Chloé réfléchit, observant le chaton roux qui s'endormait dans ses bras.

— On pourrait l'appeler Tobias, comme le héros de mon manga préféré ? Il est roux, lui aussi.

Les parents échangèrent un regard attendri et acquiescèrent. Tobias venait de rejoindre la famille, sous l'œil vigilant de Minuit.

26

Deux semaines après son arrivée, Tobias avait trouvé sa place dans la famille. Joueur et câlin, il passait ses journées à explorer la maison, à bondir sur les meubles et se blottir contre n'importe quel humain pour dormir. Oui, il dormait, comme tous les chats ordinaires. Minuit, en revanche, ne changeait pas ses habitudes. Toujours calme et majestueux, il acceptait stoïquement les assauts du chaton, qui s'amusait à lui sauter dessus ou à mordre gentiment sa queue. Rien ne semblait le perturber.

Dans le salon, Élodie lisait paisiblement, lovée dans un canapé moelleux, tandis que Vincent, confortablement installé dans un fauteuil, était absorbé par la dernière série *Star Wars*. Elle leva les yeux un instant, souriant en silence. Cela lui faisait plaisir de voir son mari renouer avec ses passions. Autrefois, il pouvait passer des heures à dévorer films et séries, avant que ses responsabilités professionnelles ne l'engloutissent. Son récent changement de poste semblait lui avoir rendu une partie de lui-même.

Sans prévenir, Minuit atterrit sur le canapé et, sans cérémonie, repoussa les bras d'Élodie pour s'installer sur son giron. Elle posa son livre, un sourire au coin des lèvres, et glissa ses doigts dans le pelage dense du chat.

— On dirait que tu es d'humeur câline, mon gros chaton, murmura-t-elle.

Le félin lui répondit d'un profond ronronnement, si hypnotique qu'elle ne tarda pas à fermer les yeux et à s'endormir. Minuit attendit encore un peu, puis se leva avec des gestes lents pour ne pas réveiller son humaine. Il sauta sur le tapis qu'il traversa de son pas tranquille. Il bondit sur les genoux de Vincent qui sursauta.

— Tu m'as fait peur, canaille, souffla-t-il d'un ton attendri.

Il gratta doucement la tête de Minuit, appréciant la chaleur apaisante de l'animal qui se blottit contre lui. Après de longues minutes, le chat l'abandonna pour trottiner vers l'escalier. Il grimpa les marches prestement et se dirigea dans la chambre de Lucas. Il se glissa dans l'étroite ouverture. L'adolescent était occupé à rédiger un exercice de mathématique. En entendant le bruit des griffes sur le plancher, il leva les yeux.

— Salut toi ! s'exclama-t-il. Tu viens me filer un coup de main… ou de patte, plutôt ?

D'un bond souple, Minuit atterrit sur le bureau et se coucha aussitôt sur le livre de cours du garçon.

— Non… Tu n'es pas drôle, je dois terminer mon exercice pour demain.

Le chat recula légèrement, mais posa une patte assurée sur un paragraphe. Intrigué, Lucas fronça les sourcils. Les lignes que Minuit semblait lui désigner expliquaient une règle qu'il avait oublié de prendre en compte. Le garçon sourit et déposa un bisou sur la tête grise.

— Merci ! J'suis trop bête.

Il donna une autre caresse à Minuit avant de se replonger dans la rédaction de son exercice. Le chat parut satisfait. Il se frotta sur le coude de Lucas, puis descendit sur le plancher. Il quitta la pièce en trottinant et se dirigea vers la chambre de Chloé.

La fillette lisait, assise sur son lit, Tobias collé contre elle. Elle leva les yeux et sourit.

— Viens, Minuit ! Viens faire un câlin !

Sans hésiter, le chat la rejoignit sur son lit. Il vint sentir le chaton, lui lécha consciencieusement la tête, derrière les oreilles. Tobias se mit à ronronner profondément, ce qui fit rire Chloé. Minuit se redressa, contourna la fillette, pour venir se coucher de l'autre côté, cherchant les caresses. Elle obéit à ses désirs, passant la main sur le pelage doux.

Après de longues minutes, il se releva et gagna le pied du lit. Il s'assit puis s'allongea tranquillement, tournant plusieurs fois sur lui-même. Il posa sa tête sur ses pattes, ferma les yeux et s'endormit.

Chloé, bouche bée, resta figée. Elle regarda Minuit, incrédule, le cœur serré sans trop savoir pourquoi. Il dormait ! Elle n'osait pas bouger, de peur de briser ce moment presque sacré.

Le lendemain matin, Chloé dévala les escaliers avec une énergie inhabituelle. Ses joues étaient rosées d'excitation, mais ses yeux trahissaient une certaine émotion. Elle s'arrêta devant sa mère, encore en train de préparer le petit déjeuner, et s'exclama d'une traite :

— Maman ! Hier soir, Minuit a dormi !

Élodie se retourna brusquement, la spatule en main.

— Quoi ?

— Oui ! Il est monté sur mon lit, il s'est couché, et il s'est endormi. Je te le jure !

Les mots de Chloé frappèrent Élodie comme un écho du passé. Elle sentit son cœur se serrer en se remémorant ce que Céline lui avait confié : Minuit s'était endormi pour la première fois dès qu'elle avait pris en charge sa maladie.

— C'était bizarre… C'était comme s'il venait me dire au revoir, souffla la fillette, baissant légèrement la tête.

Élodie tenta de garder son calme malgré la boule qui montait dans sa gorge. Elle posa une main réconfortante sur l'épaule de sa fille.

— Peut-être qu'il voulait simplement te montrer qu'il était heureux ici, avec toi, dit-elle d'un ton rassurant.

— Peut-être, fit Chloé, peu convaincue.

C'est le moment que choisit Minuit pour entrer dans la cuisine, la queue dressée avec majesté. Il s'approcha d'Élodie, se frotta contre ses jambes, puis sauta d'un bond gracieux sur la table. Son regard doré se posa sur Chloé, et il inclina la tête vers elle, réclamant les caresses rituelles. La fillette passa tendrement ses doigts dans son pelage, le grattant sous le menton et entre les oreilles. Satisfait, Minuit descendit au sol et trotta vers la gamelle.

Tobias, déjà en train de grignoter, poussa un petit cri surpris lorsque Minuit se frotta contre sa tête, puis lui donna un coup de langue affectueux derrière les oreilles, tel un adoubement dans le rôle de chat de la maison. Ensuite, avec son habilité coutumière, Minuit bondit sur le rebord de la fenêtre. Il s'assit, et lâcha un miaulement sonore. Il fixa Chloé une dernière fois, d'un regard, intense, qui ressemblait à un adieu. Puis, avec une agilité silencieuse, il se glissa à travers l'ouverture et disparut à l'extérieur.

Chloé sentit son cœur s'emballer, prise d'une soudaine intuition. Mue par un terrible pressentiment, elle se leva précipitamment, manquant de faire tomber sa chaise, et se rua vers la porte.

— Minuit ! Attends ! cria-t-elle en jaillissant sur la terrasse.

Elle courut dans le jardin, ses pieds nus foulant l'herbe humide, ses yeux fouillant désespérément chaque recoin. Au loin, elle aperçut un éclat de fourrure grise se faufiler entre les haies.

— Minuit ! Ne pars pas ! s'écria-t-elle d'une voix brisée par une détresse qu'elle ne comprenait pas encore tout à fait.

Mais le chat ne réapparut pas. Il s'était volatilisé, comme une ombre chassée par la lumière du matin. Chloé s'arrêta net, les larmes coulant sur ses joues, en proie à un terrible chagrin. Élodie la rejoignit. Sans un mot, elle prit sa fille dans ses bras, la serrant avec force contre elle. Ses propres yeux s'embuèrent, partagés entre la peine et une étrange paix. Minuit leur avait donné tellement, et son absence laisserait un vide immense.

— Il ne reviendra pas, n'est-ce pas ? sanglota la fillette.

Élodie inspira profondément avant de murmurer :

— Non, ma chérie, je ne crois pas. Il a accompli tout ce qu'il devait faire chez nous.

Chloé hocha lentement la tête, les larmes roulant toujours sur ses joues.

— Je ne l'oublierai jamais.

— Moi non plus, répondit Élodie en déposant un baiser sur son front. Moi non plus.

Elles restèrent là, enlacées sous le soleil naissant, entourées par le silence vibrant du jardin, marquant la fin d'un chapitre et l'écho d'un adieu.

Le vieil homme referma son livre et posa ses lunettes sur la petite table à côté. Ses yeux étaient fatigués, mais il avait le cœur serein. Il aimait ces nuits tranquilles, passées seul avec ses pensées et ses souvenirs. Depuis la mort de sa femme, il s'était habitué à cette vie simple et solitaire, une routine paisible qui lui convenait. La pièce était baignée d'une douce lueur émanant de la lampe près de la cheminée. Il faisait chaud ce soir-là et il avait laissé la fenêtre entrebâillée pour profiter de l'air frais de la nuit.

Un léger bruit attira son attention. Le vieil homme redressa la tête, les sens encore aiguisés malgré les années. Un chat gris se tenait dans l'encadrement de la fenêtre. Il le fixait avec curiosité, de ses yeux dorés et brillants, immobile dans la pénombre.

— Eh bien, mon vieux… Qu'est-ce que tu fais là ?

Le chat pencha la tête d'un air intéressé, comme s'il jaugeait cet inconnu.

— Tu sais, je ne m'attendais pas à une visite, murmura le vieillard avec un sourire en coin.

Le félin dut prendre ses paroles pour une invitation, car il sauta sur le sol et trottina vers lui. Ses yeux couleur d'ambre brillaient à la lueur de la lampe. Intrigué, l'humain se leva lentement, en grimaçant. Ses articulations le faisaient souffrir ce soir.

— Tu as faim ? Bien sûr que tu as faim.

Il chercha dans ses placards et dénicha une petite boîte de sardines oubliée. Il l'ouvrit, prit un poisson et l'écrasa dans une soucoupe. Il la déposa sur le sol. Le chat s'approcha, renifla avec intérêt avant de grignoter ce repas impromptu sous l'œil attentif du vieil homme. Une fois rassasié, l'animal releva la tête, remercia d'un regard, puis sortit par la fenêtre et disparut dans l'obscurité.

L'ancien resta là, pensif, un sourire amusé au coin des lèvres.

Ce rituel se poursuivit plusieurs jours. Chaque nuit, à la même heure, le chat gris se faufilait dans la maison comme s'il était chez lui. Il trottinait vers la cuisine, mangeait, puis repartait. Le vieil homme se surprenait à attendre cette visite nocturne, guettant la petite ombre grise aux yeux couleur d'ambre.

Un soir, exactement une semaine après leur première rencontre, le félin changea de comportement. Une fois son repas terminé, il sauta sans cérémonie sur le fauteuil en face de celui du vieil homme. Il s'allongea confortablement, semblant prendre possession des lieux.

L'humain l'observa un moment, les sourcils froncés et les bras croisés.

— Eh minute, toi ! Ce n'est pas un hôtel, ici, marmonna-t-il.

Il attendit, mais le chat ne bougea pas d'un poil. Il se contenta de ronronner et ce son profond et apaisant emplit la pièce. Malgré lui, le vieil homme esquissa un sourire. Ce petit animal s'était glissé dans sa vie et il semblait bien décidé à ne pas repartir.

— D'accord, d'accord, tu peux rester, céda-t-il d'un ton bourru, mais nous devons faire connaissance avant. Je m'appelle Robert, et toi ?

Le chat le regarda de ses yeux dorés brillant d'une intelligence mystérieuse, mais, bien sûr, il demeura silencieux.

— Pas très bavard, hein ? fit Robert, en se frottant le menton d'un air songeur. Je suppose qu'il va falloir que je te baptise, alors.

Il réfléchit, cherchant un nom. Cette ponctualité presque surnaturelle, cette régularité dans ses visites lui évoqua l'horloge de la maison, qui marquait minuit pile à chaque arrivée du félin. Un sourire éclaira son visage ridé.

— Que dirais-tu de… Minuit ?

Le chat redressa la tête, comme s'il avait reconnu son nom. Son ronronnement s'amplifia. Le son emplissait la pièce, doux et apaisant. Robert éprouva une forte émotion en pensant à sa défunte épouse, qui aimait tant les chats.

— Minuit, alors, dit-il en lui caressant le dessus du crâne. Bienvenue chez toi.

Minuit se roula en boule sur le fauteuil, se lovant comme s'il appartenait à ce lieu depuis toujours.

Robert resta un moment à l'observer. Pour la première fois depuis longtemps, il se sentit moins seul. Une chaleur mystérieuse l'envahit, une sorte de réconfort qu'il n'avait pas connu depuis la perte de sa femme. Ce chat gris aux yeux dorés semblait veiller sur lui, comme un compagnon silencieux, tel un gardien venu combler un vide qu'il n'avait jamais osé s'avouer. Il scruta l'animal, hésitant à formuler la question qui le préoccupait.

— Est-ce que… c'est elle qui t'envoie ? chuchota-t-il, sa voix tremblant sous le poids de l'émotion.

Minuit se contenta de le fixer. Robert s'assit dans son fauteuil. Il savait, d'une manière inexplicable, que ce compagnon inattendu était là pour prendre soin de lui. Il reprit son livre, un sourire paisible aux lèvres, tandis que le doux ronronnement de Minuit résonnait dans la pièce.

Avertissements de contenu

Ce livre contient des thèmes et situations potentiellement sensibles, mais présentés de façon nuancée et non explicite.

- Harcèlement scolaire et pensées suicidaires.
- Références à une tentative de suicide.
- Maladie grave et conséquences émotionnelles associées.
- Conflits familiaux.
- Exploration de thèmes émotionnels liés à la solitude et au deuil.

Ces éléments font partie intégrante de l'histoire, mais ils peuvent être difficiles à lire pour certains.

Prenez soin de vous et lisez à votre rythme.

Remerciements

Je voudrais remercier celles et ceux qui ont contribué, de près ou de loin, à l'écriture de ce livre.

Merci à Lana pour son aide précieuse.

Merci à Chantal, Pauline et Françoise, toujours fidèles au poste, qui ont bêta lu ce livre.

Un grand merci à Hélène pour sa correction pointue.

Merci également à Oka.Mi qui a réalisé cette très belle couverture.

De la même auteure

La Tapisserie des Mondes

Yggdrasil :
La prophétie – La rébellion – L'Espoir

Une dictature religieuse et militaire règne sur la galaxie. L'armée sainte, fanatiquement dévouée à la cause de celui qui se fait appeler Dieu, élimine impitoyablement ceux qui refusent de suivre les préceptes de la religion. Pourtant, les hérétiques propagent les paroles d'une prophétie annonçant qu'un Espoir va se lever et libérer l'univers.

Tourmentée par de terribles cauchemars prémonitoires, Nayla Kaertan arrivera-t-elle à échapper à l'Inquisition qui traque sans relâche ceux qui, comme elle, ont des dons étranges ? Doit-elle craindre son supérieur, un homme mystérieux, qui semble posséder des pouvoirs surnaturels ?

Aura-t-elle la force d'affronter son destin ?

✦✦✦

Plus brillantes sont les étoiles

L'humanité progresse dans l'espace depuis plus d'un siècle, déjà, s'implantant sur chaque planète habitable, au détriment des civilisations qu'elle rencontre. Le profit à tout prix est devenu la seule idéologie des Terriens, depuis la prise de pouvoir du Triumvirat.

Ava embarque à bord du C.S. Marco Polo, cargo de la flotte commerciale, sous les ordres du capitaine Bligh. Cette dernière, ancienne héroïne de guerre, doit conduire le vaisseau jusqu'à une planète paradisiaque, occupée par un peuple vivant en harmonie avec la nature. Elle devra composer avec un équipage récalcitrant et surmonter les nombreux dangers qui ponctueront ce long périple.

Ce voyage se révélera, pourtant, bien plus important que les deux femmes ne l'auraient jamais imaginé.

✦✦✦

Aldarrök :
Le chant du chaos – Les serpents d'ombre – L'aube du néant

Trois ans plus tôt, la rébellion a renversé l'Imperium. Après la chute de la dictature, l'irrésistible vent de liberté qui s'était répandu dans la galaxie s'est essoufflé. La République a imposé sa loi et une nouvelle religion, dirigée par des fanatiques, a remplacé l'ancienne.

Ilaryon a refusé de plier devant ceux qui ont exécuté son père. Envoyé à Sinfin, le pire bagne de la galaxie, le jeune homme devient très vite la proie d'autres prisonniers. Un homme étrange va s'interposer. Ce prisonnier défiguré, souffre-douleur des gardes, s'accroche à la vie avec obstination depuis trois longues années.

Les révélations du nouveau venu vont-elles réveiller celui qu'était le Brûlé autrefois ?

✦✦✦

Abri 19

Il y a onze ans, un mystérieux brouillard a recouvert la Terre. Les scientifiques n'ont pas réussi à l'endiguer ou même à l'expliquer. Les gouvernements du monde se sont résignés à préserver une partie de la population en l'enfermant dans des bases secrètes.

Lorsqu'un accident survient dans l'abri 19, Liam doit faire un choix. Respecter les lois de l'abri ou sauver la vie de sa sœur et risquer l'exil dans un monde dévasté.

✦✦✦

Les Larmes des Aëlwynns

Le prince déchu – Le dernier mage – La déesse sombre

À la fin de l'ère du chaos, les Aëlwynns ont offert aux hommes une pierre permettant de contrôler la magie et depuis, la paix règne sur le royaume d'Ysaldin. Alors que ce fragile équilibre est menacé par la malnoire, le roi accuse les mages de faciliter la propagation de cette maladie mystérieuse et les déclare hors la loi.

Ignorant tout du danger qui guette ses semblables, Adriel se prépare à devenir mage à part entière, conscient que cette épreuve peut lui coûter la vie.

Au nord du royaume, le mercenaire Kenan est pris pour cible par de mystérieux mages noirs.

Au même moment, dans une vallée isolée, Elyne découvre que son fils est atteint de la malnoire. Osera-t-elle braver le décret royal pour le sauver ?

Et si le sort du royaume dépendait des décisions de ces trois personnes aux objectifs si différents ?

✦✦✦

À Propos de l'Auteure

Depuis toujours, Myriam Caillonneau est passionnée par les livres et les récits qui transportent le lecteur loin de son quotidien. Elle aime également raconter des histoires et c'est naturellement qu'elle se tourne vers l'écriture. Tout d'abord, pour le simple plaisir de faire vivre des personnages et d'exprimer sur du papier les récits qui vivent dans ses pensées.

Elle choisit la carrière militaire et se consacre pleinement à sa vie professionnelle, cependant sa passion de la lecture et de l'écriture ne la quitte jamais. La science-fiction devient l'un de ses sujets de prédilection et l'idée de son premier roman, Yggdrasil, se construit et évoluera en une trilogie. Encouragée par tous ceux qui ont lu le premier tome, elle décide de le publier et se lance dans l'écriture de la suite. D'autres histoires n'attendent qu'un peu de son temps pour devenir réalité.

Vous pouvez me contacter :

– soit sur mon site : https://www.myriamcaillonneauauteure.com/

– soit à cette adresse mail : myriam.caillonneau@gmail.com

Éditeur

Éditions Myriam Caillonneau
Myriam.caillonneau@gmail.com

Imprimé par Kindle Direct Publishing
Impression à la demande

ISBN : 979-10-95740-30-8

Dépôt légal : février 2025

www.ingramcontent.com/pod-product-compliance
Lightning Source LLC
LaVergne TN
LVHW010605160826
845677LV00013B/3254

* 9 7 9 1 0 9 5 7 4 0 3 0 8 *